聯經經典系列

竹取物語

賴振南◎譯注

國科會經典譯注計畫

文本根據：野口元大校注《竹取物語》
（新潮社，新潮日本古典集成，1986）

目次

竹取物語

中譯導讀

壹、日本王朝物語及物語之祖《竹取物語》概論

一、何謂日本的王朝

日本古代第五十代桓武天皇於延曆十三年（七九四）遷都平安京（現今京都）。至源賴朝於建久三年（一一九二）在鎌倉（現今神奈川縣鎌倉市）首開幕府①樹立武家政權，其間大約

---

① 幕府：從將軍於軍旅時在幕帷中治理政務而得名，指稱將軍的所在地或陣營。日本將中國唐朝近衛府此一官府名稱作幕府，也就是近衛大將軍的異稱，更指近衛大將軍的行館。源賴朝首開武家政治於鎌倉，一一九〇年被任命為右近衛大將之後，其鎌倉的行館便被稱為幕府。

四百年。由於政治、文化都以平安京爲中心，因此稱這個時代爲平安時代。上承以大和地方（現今奈良）爲中心的大和時代（又稱上代），下接以武家社會爲主體的鎌倉、室町時代（一一九三—一三三三、一三三六—一五七三）。由於平安時代四百年之間，有別於鎌倉、室町時代的武家政權，主要是以皇權親政的朝廷爲主，而其王位繼承方式也如同古埃及、古代中國或法國的王朝一樣是一脈相承，所以歷史學家就將平安時代定位爲日本的王朝時代。

若從文學史上來區分，分別爲大和時代的上代文學、平安時代的平安朝文學（也稱中古文學），以及鎌倉、室町時代的中世文學。其中平安時代的平安朝文學不但已深具一般水準的文化特質，也是日本文學史上收穫最輝煌的時期。其文學發達的契機主要源於女流假名①的流行。在文學特徵方面，自宮廷生活取材反映貴族精神，女流假名更帶動了散文

① 女流假名：假名是日本文字的一種，和表意文字的漢字不同，它是一種表音文字，也是一種一個字表示一個音節的音節文字。一般假名分平假名和片假名兩種，其中平假名是由大和時代的萬葉假名完全草書化之後，再經由女子之手精練而成的一種極富藝術美的文字，於平安朝初期的一、兩百年間，發達而臻於成熟。在《宇津保物語》或《源氏物語》中，平假名被特定地稱為女子文字，這有別於男子文字的漢字，因此平假名又名女流假名。

創作而臻隆盛，並且將富有知性及思索性的抒情詩「和歌」①，從個人私下的吟詠提升到宮中各種公開場合人人必備的一項文學素養。因此，有所謂的王朝物語、王朝和歌、王朝日記、王朝文學史、王朝歌壇等王朝文化產物。從它的文學作品中也確實歷歷可見「宮廷式」、「貴族性」、「後宮沙龍」等王朝特徵，以及最具日本傳統審美意識的「可笑」②、「物之哀」③、「風流、優雅」④等。由於平安朝文學具有以上的特質，故又稱爲

---

① 和歌：為和中國的詩歌有所區別，在古代日本所發展出的一種韻文文學形態，就稱為「和歌」。依其形式可分為長歌、短歌、旋頭歌、片歌、連歌等幾種，其中以五七五七七共三十一個假名字音排列而成的短歌最流行，也最受歡迎。因此一般都將短歌想成是和歌。另外，和歌也是王朝貴族時代男女感情交流的最基本的手段。

② 可笑：日文為「をかし」，是表現日本文學美的理念的一種。這理念常和「哀」（あはれ）或「物之哀」（もののあはれ）成對比關係。「哀」或「物之哀」是心靈強烈受對象震撼之下所產生的一種深切的感動，而「可笑」卻是在和對象保持適度關係，並做客觀地注視或接觸時所產生的一種更感性、更知性的反應。在「可笑」的內容中包含著優美和滑稽的兩種層面，只是後來隨時代的變遷，漸漸演變成「滑稽的」意思了。平安時代的一大隨筆《枕草子》是優美的「可笑」之代表作，室町時代的「能樂」中的「狂言」（穿插於能樂之間的一種滑稽劇）便明顯地表現了滑稽的「可笑」。「可笑」此一美的理念一直是日本人的審美意識，至今仍存活於日本人的內心深處，算得上是日本傳統美的理念之一。

③ 物之哀：日文為「物之哀」（もののあはれ），主要源自「哀」（あはれ）的理念。日本江戶時代的國學家本居宣長（一七三〇——一八〇一年）於《源氏物語玉之小櫛》中曾針對「哀」下了如此定義：

王朝文學。換句話說，平安朝文學也就是日本文學的傳統。這不但從後來幾個時代的傑作中可發現平安朝美學的跡象，也明顯地看出那些作品都孕育自平安朝文學。

例如，鎌倉時代的《平家物語》、室町時代的「能樂」（日本的一種古典歌舞劇），甚至松尾芭蕉（一六四四—一六九四）的「俳諧」（帶詼諧、趣味性，由五七五共十七個假名

（續）

「對所見、所聞、所觸之事，感於心而發出的歎息聲。」換句話說，「哀」本來是表現發自內心深處的感動時所用的言詞，它融合了愛情、審美意識、悲哀感等等情境，不僅是喜怒哀樂的表現，更是一種複雜的情緒反應。與其說和感性、知性的「可笑」成對照關係，寧可將它當作具有更深遠意義的理念較為妥善。因為「哀」內含反省性、靜觀性等特質，而且它是出自個人在情感的體驗上所得的理解、表現，即情感在一般化的同時，漸漸概念化而來的一種美的理念。此一理念在形成過程中，不但是演變成「物之哀」的契機，更可以從「哀」被一般化、類型化的理解上，掌握到「物之哀」的對象及其內容。《源氏物語》之所以被稱為追求「哀」的文學典型，是因為從作品中的「物之哀」可理解出人的真實自我，並且可體會到更深遠的感動。「哀」或「物之哀」和「可笑」一樣，是日本傳統美的理念之一，影響日本人的審美觀既遠且深。

④ 風流、優雅：日文為「みやび」，表示一種宮廷式的言行舉止和感情態度，即意味著優雅的、高尚的、風流的、都會性的意思。這和「土俗」、「鄉土味」等帶有地方性、土俗性色彩的概念相對立。例如，《伊勢物語》第一段中，剛過加冠元服式的「某男子」在男女情感交流上便「採取如此機敏且率直的風流舉動」而成為「風流雅士」的典範，更是當時女子夢寐以求的理想男子之言行準繩。可見於當時貴族社會中「風流、優雅」的重要性。此一孕育於古代王朝社會中的美的理念，在現今的社會構造及價值觀中是難於尋得的。

字音排列而成的日本短詩)中都可察覺到平安朝文學的蹤影。有趣的是，所舉的這幾類代表作品或文學類型都是平安時代尚未有的。這可看出一件事實，就是新時代的文學天才往往是發明新文學類型的人。更確切地說，時代的天才們將未臻時代主流的文學類型昇華成富有內涵的時代代表作。除此之外，這些新文學類型的創始者兼完成者的天才人物，都自平安朝文學中汲取了文學養分的精髓。

平安朝文學也和其他時期一樣可分詩歌和散文。詩歌的代表形態是「短歌」。其中散文可分爲Fiction與Nonfiction兩種。Fiction在當時就稱作「物語」，而Nonfiction可再細分爲「日記」①及「隨筆」②兩類。

---

① 日記：廣義上指逐一將每日的事情或感想書記下來的「逐日記」紀錄。在平安時代除宮中記錄朝廷每日政務或儀式的日記，以及參與朝儀典禮的文武百官中，為個人備忘或為後代子孫日後參政的參考而記的日記之外，也有較具私人性質且藝術性高的日記。後者又被稱為「日記文學」，也就是文學史上的日記。日記文學起源於紀貫之的《土佐日記》，主要是基於漢文日記的盛行，假托女性的筆調並採用假名文體書寫，達到解放心胸、真情流露境地的文學作品。從此不僅依假名散文確立了新的文學形態，同時也預言了女流日記的誕生，《蜻蛉日記》便是繼《土佐日記》問世的第一部女流日記。《蜻蛉日記》是作者藤原道綱之母(九三六?—九九五)歷經兩年才完成的一部自傳式回憶錄。其內容主要描寫因夫婦生活的不安、破裂所引起的苦惱、煩悶心情，在日記文學中占先驅之席，對日後的日記文學影響極深。這種假名日記雖然是基於事實來敘述私事，在整體上卻統一於作

由於篇幅關係，筆者僅對於Fiction作概略性說明。日後如有機會，再介紹其他文學種類。

前面言及，Fiction在當時稱作「物語」。若以現今用語來說的話，也可視爲「小說」。但值得注意的是：現今用「小說」一詞來指稱Fiction類的文學作品，日本文學史上則因時代不同而稱呼有異。例如：在室町時代則稱爲「御伽草子」，到江戶時代（一五九〇—一八六八）以後，井原西鶴（一六四二—一六九三）的作品則稱「浮世草子」，曲亭馬琴

（續）者的心緒上，使之定位於一具有構思一致的自省性文學的範疇內。《蜻蛉日記》之後相繼有，以情趣性戀愛為主的《和泉式部日記》、描寫宮廷生活的《紫式部日記》、回憶生涯的《更級日記》、及描寫天皇死前自身的獻身服侍和死後哀惜心境的《讚岐典侍日記》等有名的日記文學作品出現。

② 隨筆：是一種不拘任何形式，隨性將所見聞、體驗或意見、感想付諸筆墨而成的一種文學形態。由於是作者在隨性之下所表現出來的銳敏的感受性，所以從中可看出作者淋漓盡致的個性表現。當然其中不乏有歷經人生豐富經驗的人所寫的作品，此等作品更是耐人尋味、發人深思。在日本自古代以來，舉凡從細緻的感情、自然觀、審美意識、人的生死、時間流逝等角度所寫的隨筆種類繁多，其中以平安時代清少納言（九六五？—一〇二〇？）所寫的《枕草子》、鎌倉時代鴨長明（一一五五—一二一六）的《方丈記》及南北朝時代（一三三六—一三九二）吉田兼好（一二八三？—一三六二？）的《徒然草》最負盛名，被稱為日本三大隨筆。這三部隨筆中，對於季節的轉移、人的生死問題等，均展現了作者獨到的洞察力，即使在日本文學中，也是極優秀的代表作品。英文中的essay或法文中的essai的發生都不及日本的隨筆來得早。

（一七六七—一八四八）稱自己的作品爲「讀本」以及爲永春水（一七八九—一八四二）所寫的則叫「人情本」。爾後進入明治時代，「小說」的名稱才告確立。這和法國自中世紀起將roman視爲小說且沿用迄今截然不同。

日本的小說形態，在傳統上並非承先啓後、漸進蛻變自然形成的。它呈現出的是斷層不接的現象。特別是明治時代的作家們在打倒了末代舊文學的「硯文社文學」①之後，不再把王朝的物語認同爲自己的小說傳統。例如奉行自然主義的小說家們從未將王朝物語視爲其傳統。

然而，平安朝的物語雖未以小說的形態傳續下去，但卻以審美意識根深柢固地延續了其命脈。例如，田山花袋（一八七一—一九三〇）雖未學習過《源氏物語》的創作手法，不過閱讀他的晚年作品（如《百夜》），無論在審美意識或氣氛上，都讓人深深感受到有《源

---

① 硯文社文學：硯文社早於一八八五年由尾崎紅葉、山田美妙、石橋思案及丸岡九華等人結社而成，並且創刊了《我樂多文庫》雜誌。起初硯文社以遊戲性要素較強的文章為主，後來加入川上眉山、巖谷小波、廣津柳浪、江美水蔭等人之後，漸漸地提升了文學的態勢。從整體上而言，直到明治二〇年代末（一八九六），硯文社才漸進地強調著寫實主義色彩，並且在小說的改良、提升小說家的社會地位等方面也是功不可沒。直到一九〇三年尾崎紅葉去世前後，硯文社乃至其文學思潮開始走上凋落之途。

氏物語》的潛在影響。

王朝物語和現代小說的關係大要如上。可是若就此蓋棺論定，認爲平安朝的物語在日本文學中，不論現在或將來，作爲創作的方法已然死滅殆盡，僅有審美意識一枝獨秀地殘存，那卻失之粗略。

以下分別就「物語」的定義及其形成的外在因素，和物語文學的特質及其發展等問題加以說明，以便能更進一步了解物語的特色，發掘出物語對後代乃至將來的日本文學所帶來的影響及意義。

二、「物語」的定義

林文月教授曾在其《源氏物語》中譯本的「修訂版序言」中提到：

日文的「物語」一詞，與其翻譯爲「小說」，在實質上倒不如譯做「說話」或「話本」（「物語」一詞兼具動詞與名詞的性質）較爲妥善些①。

---

① 林文月譯，《源氏物語・修訂版序言》上、下（中外文學月刊社，一九七四年十二月）。

林文月教授的看法確有道理，只不過若將它譯做或看成「說話」、「話本」的話，又得對「說話」或「話本」下定義和解釋，未免增加困擾。同時，也可能導致定義上的偏差。所以筆者認爲與其用其他文學名稱套譯或用其他文學概念詮釋，倒不如保持「物語」的原貌，讓它獨樹一格來得妥善。就如同中國唐代傳奇小說一般，再怎麼說還是傳奇小說，無法用其他時代的文學類型來概括的。因爲我們所感到興趣的，應在於它是一個具有特徵和特質的文學類型，而這些特點使它和類似的文學類型截然不同。所以嚴格講來，還是將「物語」譯成「物語」、看做「物語」，然後就其起源、社會背景、創作觀、鑑賞觀，及作品分析等問題上下工夫，才是理解、研究「物語」之道。

其實「物語」這兩個字，不僅在翻譯上，甚至在字義上都令學者專家們頭痛，其原因不在「語」這個字上，而是「物」究竟所指何物，所示何事，讓人難以捉摸。「語」字在字義上可清楚地知道它是與人對座言談、說話、敘述事物等意思。換句話說，「語」它是有對象的一種語言行爲。但是，一旦冠上「物」這個字，則一下子意義和內容就過度膨脹而無法收拾。因爲「物」這個字是一個無定稱的代名詞，在古代日本它不但可以代表人事物的總稱，甚至舉凡具神秘力量且不論神聖或邪惡的神、鬼、魂等皆涵蓋在內。因此僅就「物語」一詞下定義是很困難的一件事。所以上述幾個問題點才是我們探討「物語」乃至

「物語文學」的指標。

總而言之，我們所能憑藉的文獻資料，只有流傳至今用文字記載的各部「物語」作品，和相關作品的「物語論」了。主要原因之一是，各個「物語」作品的本身就是「物語」的一種形態，況且從作品內容更可發現出「物語」的原始形態——「口傳物語」。可見其概念的深廣其來有自。

例如，先有天女奔月(源自中國的嫦娥奔月?)、天人羽衣的傳說，以及中國唐代的傳奇小說爲媒介，日本的物語之祖《竹取物語》才能問世。之後有以繼母虐待繼女的故事爲題材的《落窪物語》，甚至連躋身世界十大小說的《源氏物語》也是依據口傳文藝，其內容大綱才得以逐漸展開而完成。由此可見，「物語」的原始形態本來是口傳性、信仰性的文藝活動，只是後來從口傳轉變成一種寫作行爲，才發展出完全異質的「物語文學」罷了。

另一方面，從現有的「物語」作品中不難發現，它們的開頭全部以過去時態起筆，而且作品結尾處皆以「想加以傳述下去」的表現結束，達到和別人取得共鳴的一種文藝活動或文學行爲。在取得和他人共鳴的作用之下，同一題材被表現在不同的「物語」中，在「物語」中以不同的姿態傳述下來而存留至今。

「物語文學」主要可分爲以下五種形態①。

①童話般的幻想式物語。例如：《竹取物語》。

②以敘述和歌吟詠前後的小插曲爲主的和歌物語。例如：《伊勢物語》、《大和物語》、《平中物語》。

③類似現代小說的寫實物語，也被稱爲「創作物語」（即以Fiction爲主的物語）。《源氏物語》正是其中最偉大的作品。另外，《落窪物語》也屬此類。

④以小說筆調敘述歷史的歷史物語。例如：《榮華物語》。

⑤集許多短篇故事而成的短篇物語集，類似今日的短篇小說集錦。例如：《今昔物語集》。

從這些不同的「物語」種類可以得知，「物語文學」在平安王朝是一種光芒四射，形態不一，各具特色的文藝。特別是，我們不得不承認每一部「物語」作品在「物語文學」領域中同時既是普遍的又是特殊的，或者既是個別的又是整體的。爲此「物語」的定義已

---

① 中村真一郎在《王朝文學の世界》（王朝文學的世界）（新潮社，一九六三年二月）一書中，對物語所做的分類，文中的中文翻譯為筆者所簡譯。

不再是那麼重要，重要的是它形成的社會背景、創作觀、讀者的鑑賞觀及其內容等超越「物語」本身以外的問題。這些才是探討、考察「物語」或是「物語文學」的主要課題。

三、「物語」形成的外在因素及其內在特質

在考量「物語」或是「物語文學」形成背景不可或缺的一項要素是，平安時代下的一種社會條件「攝關政治」①。攝關政治乃是「律令政治」②崩潰後生成的政治體制，必須仰仗天皇的權威才能掌有政權的一種極爲特殊的獨裁政治形態。相反地，在律令政治崩潰的情況下，天皇的權威也因這種獨裁政治體制才得以維持下去。其最盛期出現於六十六代一條天皇(九八六—一〇一一)至七十代後冷泉天皇(一〇四五—一〇六八)，藤原道長(九六六—一〇二七)和藤原賴通(九九二—一〇七四)父子掌握天下的五十年左右。在那種古

① 攝關政治：源於十—十一世紀之間，藤原氏的氏族長老世襲攝政(代天皇總攬國政之官職)、關白(輔佐天皇統率百官、治理萬機之律令制度外的官職)要職所施行的政治形態。

② 律令政治：依中國隋、唐時代所完成的律令法典為規範而運作的一種國家體制，又稱其政治制度為律令政治。日本自頒布大化革新之詔(六四六年)到十世紀中葉，即攝關政治之前，統稱為律令時代。

代律令國家制度和封建獨裁政治體制渾然結合，或是相互矛盾的並存情況下，後宮的勢力①隱然形成，這帶給「物語」創作一片發展天空。當然「物語」之所以孕育於後宮的最大理由，應歸功於女流文字(假名)的盛行。如此一來，在文學表現上不但可以擺脫漢字的束縛，而且可以用假名文字盡情發抒、自由創作，尤其可以將自古以來口傳的傳承文藝用日本獨自的文字表現出來，使「物語」從原始的口傳形態發展至以文字表現的「物語文學」。

至於「物語」的溫床——後宮，除了一般所指的皇后、妃、嬪、夫人等內宮之外，還包括被派往宮外的鎮國神宮或護國神院，代天子祭祀社廟的未嫁女親王的齋院及齋宮。另外攝政關白之家的千金小姐們也倚仗權勢躋身後宮之列。後宮眾佳麗爲展現勢力，不遺餘力地聚集有文才的女官服侍左右，因此所謂「後宮文學沙龍」或「後宮沙龍」便蔚然產

① 後宮的勢力：藤原氏的氏族中為爭得宮中的外戚權勢，各家系竭盡心力培育皇后及其他後宮人選以取得天皇的恩寵，於是後宮佳麗之間便在各方面爭芳鬥豔，造就了後宮勢力的抬頭。另外，中、下級官吏為了取悅權貴，也不遺餘力地推舉自家女子到後宮服侍，其中在文藝方面不乏才媛輩出，就中以紫式部和清少納言兩大才女最負盛名。在這種時代背景下，女流文學便自然形成，漸漸地更成為文學的時代主流。

生。

那些參與後宮文學沙龍的才女或女官們，雖然身分地位大多屬於中流貴族階層，可是由於浸潤在充滿文藝氣息，又頗具特殊消費性的後宮社會中，久而久之便養成了一雙能客觀觀察上流社會的慧眼。特別是她們能將自己所憧憬的消費性後宮沙龍的生活，透過文學的形式，以旁觀者的立場將它用文學表現出來。

但是，前面提及的《竹取物語》——日本最早的物語作品，與其說是創作於後宮沙龍，倒不如說是由下級官吏所寫的一部富男性色彩的物語來得妥當。因爲它大概成立後宮沙龍盛行之前，受中國（漢字）文化影響極深的平安朝初期社會中，又作品題材媒介自中國唐代的傳奇小說及嫦娥奔月、天人羽衣等傳說，在如此強大的中國文化與文學的薰陶之下，當時的日本社會中才醞釀出以假名來創作傳奇小說形態的意識和傾向。其中《竹取物語》就是日本以中國的傳奇小說爲媒介所創作出的第一部物語作品。不過，男性作家創作的《竹取物語》，其主要消費對象「讀者群」仍然以後宮的貴族女性爲主。也正因爲受後宮沙龍的讀者們鑑賞，千年以前的《竹取物語》才能流傳至今。

《竹取物語》之後的物語大致和後宮都有關聯。比方說，《伊勢物語》雖然主要以描寫在原業平（八二五—八八〇，日本六歌仙之一）的生涯，可是作品之所以被稱爲《伊勢物語》，一種說法是因爲男主角和伊勢齋宮（現今伊勢神宮）中齋宮沙龍的未婚皇女在感情上有所牽連而來的。此外，作品中亦描述到男主角與後來當上五十六代清和天皇（八五〇—八八〇）皇后的藤原高子（八四二—九一〇）之間具有戀愛關係。可見物語之於後宮沙龍是密不可分的。當然，日本最偉大的物語作品《源氏物語》更是由才媛紫式部（生年不詳）於服侍政權在握的藤原道長之女藤原彰子（九八八—一〇七四）時，在後宮沙龍的特殊環境下，以其客觀且現實的觀察所寫的一部批評後宮沙龍的作品。因此，平安時代的物語若除去後宮沙龍此一特殊背景，則將無所依恃。

物語以假名來表現，也因假名而受歡迎，其作者的創作觀和讀者的鑑賞觀可從《三寶繪詞》、《蜻蛉日記》、《枕草子》、《源氏物語》、《無名草子》、《風葉和歌集》等日本古文獻資料中的「物語論」獲知一二。例如，根據《三寶繪詞》、《蜻蛉日記》中的資料可了解到：物語主要是以女性爲對象，針對虛構的事件做敘述的一種文藝現象。這和《日本書記》等官方性、公式性的歷史記載大異其趣，它所涉及的層面遍及社會、人生或生活等方面。此外，物語中更含有敘述虛構事物，或描述自然現象，或動物擬人化後的荒誕無稽之談，甚至有以極浪漫的筆調描寫男女關係的作品。因此物語比起官方性、公式性的記載，更富含眞理及常情。其次，在各種物語論當中，以《源氏物語》「螢卷」的物語論最具近代文學觀點。《源氏物語》作者紫式部在她的物語論中曾提到物語文學的三大要素——現實性、虛構性、指導性，因而大受矚目。因爲這樣的理論，對當時衆多的女性物語讀者群，在鑑賞方面發生了極大影響之外，對於物語創作者而言，在創作手法上也有深遠的影響，它也讓我們認識到，物語所表現而欲傳遞的並不是歷史上的事實而是虛構中的眞實。總之，物語因虛構而超越史書更趨眞實性，它凌駕宗教的戒條或教訓而更具人生的教育性與指導性。有了這些特質，物語堪稱爲文藝的首席。

四、日本物語之祖《竹取物語》

無論在定義上、類型上、特質上，或理論上，都在在顯示出物語所涉及的層面既廣且深。在數量上，現存的平安朝物語作品也有十幾部，不僅夠得上現代人鑑賞眼光的水準，也帶給現代文學一股新的刺激力量。

前面說過，要理解甚至研究「物語」或「物語文學」，除了上述就整體形成的外在因素及內在特質的分析外，個別作品的內容分析更是探討的主要對象。但以物語作品之多，在此無法一一詳加介紹，僅舉《竹取物語》加以分析、考察。因爲《竹取物語》被紫式部的《源氏物語・繪合卷》稱爲「物語之祖」，在日本文學史上，特別是物語文學史上，自有其重要的地位。換句話說，從《竹取物語》不但可以窺見日本平安時代此一新文化誕生的端倪，而且更能究明「物語」這一文學新類型形成的過程及其對後來的物語作品的影響。

《竹取物語》的故事內容梗概如下：

從前，有位以採竹爲生的老翁，在竹林中發現一個綻放著光芒卻只有三寸大的女孩，就帶回收養。不料這三寸大的女孩竟然在短短三個月便長大成人，並且天生如竹子一般婀娜多姿、光潔清秀，於是將她取名做赫映耶姬。耳聞赫映耶姬姿色的貴公子們紛紛前來求婚，其中有五位貴公子不爲赫映耶姬的矜持而退縮，一直堅持到底。赫映耶姬爲婉拒他們執著的求婚，不得已只好給每位公子每人一項難題，要是誰能取來難題中所要求的寶物，就與誰結婚。五位貴公子的名稱和赫映耶姬所要求的五種寶物如下：石作皇子——天竺(古印度)的佛祖石缽，庫持皇子——蓬萊玉枝，右大臣阿部御主人——中國的火鼠皮衣，大伴御行大納言——龍頸夜明珠，中納言石上麻呂足——燕窩中的安產貝。

事實上，這五樣寶物雖似有其物，其實世間所無，根本無法得到。然而，五位貴公子卻用盡辦法想將寶物弄到手，於是在求寶的過程中便衍生出許多滑稽可笑的失敗故事。

當五位貴公子知難而退後，帝王也有所耳聞，就派遣使者前去求婚，卻遭到回拒。於是帝王親自前往，利用王權想強娶赫映耶姬回宮。在此節骨眼上，赫映耶姬只好使出她天女的隱身術來拒絕帝王。

雖然赫映耶姬爲保全其天女的永遠處女身而拒絕了帝王的求婚，但是爲顧及日後採竹翁夫婦的生活保障，再加上赫映耶姬本身也是善解人意，懂得人情世故，所以事後和帝王在和歌書信往返上，竭盡心意以撫慰帝王感情上受挫的心靈。

孰料經由三年和歌書信來往，天女赫映耶姬也漸漸萌生男女之情。但是第三年，也正是赫映耶姬被貶降到人世間來贖罪的最後期限，非返回月宮不行。於是就在那年的八月十五中秋夜，赫映耶姬懷著對人世間親情與愛情依戀不捨的矛盾心情，披上天羽衣，喝下長生不死藥之後，拋下養育她多年的採竹翁夫婦及思慕她多年的帝王，在眾多月宮天女的護衛下，乘坐飛轎飛回月世界去了。

臨別時，赫映耶姬遺贈給帝王一封訣別書及一罐長生不死藥，但是長生不老對帝王而言已無意義。帝王便派人率眾多士兵，將信和藥帶至最近天的富士山焚燒，於是造成物語成立當時的富士山仍嫋嫋噴放火煙。

《竹取物語》就在此一壯觀的場面之下落幕了。從上面的梗概不難看出《竹取物語》帶有神怪的神秘與童話的幻想色彩的傳奇故事。事實上，《竹取物語》整個內容的構成正是集各種古老故事原型於一堂的作品。其內容和故事原型在對照上可分以下五個部分：

(1)採竹翁的登場和赫映耶姬的成長過程……………〔化身譚、富翁致富譚〕

(2)向赫映耶姬求婚的五位貴公子及赫映耶姬所提示的五項難題…〔難題求婚譚〕

(3)帝王求婚……………………………〔情歌唱和譚〕

(4)赫映耶姬升天……………〔升天譚、天鵝處女譚、天羽衣譚、貴種流離譚〕

(5)富士山的起源…………………………〔地名起源譚〕

上述五個部分若從故事原型來分析的話，《竹取物語》看似由五種各自獨立的小故事所構成，其實是作者以赫映耶姬爲中心人物，將本來互不相關的故事巧妙地貫穿聯合爲一部極富創意的愛情物語。所以，《竹取物語》在稱呼上也被稱作《赫映耶姬物語》。這種以單一主角爲主的創作手法及傳記式描寫方法，在後來的物語作品也常看到。例如：《伊勢物語》中的「某男子」指的就是在原業平，《平中物語》中的男主角平貞文（九二三歿），以及《落窪物語》中的繼女落窪姬，以及《源氏物語》中的光源氏，都是貫穿整部作品的主要人物。這也是《竹取物語》被稱爲物語鼻祖的原因之一。

至於《竹取物語》的作者，寫作年代及其原作形態，尚無確實的資料可做依據，只能說作者不詳、執筆年代不明，及原作不可考。在作者的論證中，以當時有名的漢學、和歌大家的源順（九一一―九八三）、源融（八二二―八九五）、紀貫之（八七二左右―九四五）、僧正遍照（八一六―八九〇）等說法為數最多，但均屬揣測之詞並無確切文獻可證。另外，關於從江戶時代（一五九〇―一八六八）即被論及的成立年代，大致上以加納諸平在《竹取物語考》中所推論的弘仁（第五十二代嵯峨天皇的年號，八〇九―八二三）年間為最上限，以武田宗俊所考證的天曆（第六十二代村上天皇的第一個年號，九四七―九五六）年間前後為最下限，前後相差一百四十年，各家說法不一。由此可見流傳至今的《竹取物語》，在成立過程中歷經時代巨輪的考驗，幾經增刪，並非一位作者所完成。所以《竹取物語》與其說是由某特定作者在某時期內所完成，還不如說是古傳說和外國的故事，在民眾之間歷經長久年月口承後，於傳抄之際參入多位文人的潤飾而自然形成的來得妥善。

在紫式部銳敏的物語觀，以及她那獨特的物語著述意識下，《竹取物語》之所以被稱為物語的濫觴，不僅是它的成立年代久遠，主要還應該是由於它的創作性及其特質！

有關《竹取物語》的內容性質，已有多位學者提出各種論點。如下表①所示：

---

① 南波浩在校注《竹取物語・伊勢物語》（日本古典全書，朝日新聞社，一九六五年三月）的「解說」中所整理出的各家論點，筆者加以中譯後所做成的一覽表。

主要論點	論者及其論著
1 它是能讓人體會到「物之哀」的作品	田中大秀，《竹取物語解》
2 諷刺上流貴族好色本性的物語	加納諸平，《竹取物語考》
3 佛教的教訓性物語	黑川眞賴，〈日本文學大要〉
4 傳奇體小說	藤岡作太郎，《國文學全史・平安朝篇》
5 王朝世態小說	津田左右吉，《文学に現はれたる国民思想の研究》（表現於文學中的國民思想之研究）「貴族文学の時代」（貴族文學的時代）
6 幻想永恆美的童謠故事	和辻哲郎，《日本精神史研究》
7 寫給成人的藝術性童話	津島久基，《竹取物語精解》
8 傳奇性的童話式小說	藤田德太郎，《國文學襍說》 高須芳次郎，《古代中世日本文學十二講》
9 從道教思想出發的神仙物語	武田祐吉，《校註竹取物語》和《竹取物語新解》
10 否定現世而冀求淨土的小說	橘純一，〈竹取物語の素材と思想〉（竹取物語的題材與思想）

11	以否定現實的立場憧憬天上的小說	鈴木敏也，《日本小説の展開》（日本小說的展開）上 西下經一，〈竹取物語と宇津保物語〉（竹取物語與宇津保物語）
12	反傳說性而富寫實性的物語	岡一男，《古典と作家》（古典與作家）
13	神仙故事似的戀愛小說	吉澤義則，《王朝文學概說》
14	幻想仙境世界的小說	高崎正秀，《物語文學序說》和《竹取文學新釋》
15	以傳奇性題材的知性處理手法，和現實性題材的寫實性處理手法，使浪漫的傳說世界與現實的生活達到統一	近藤忠義，《國文學誌要・竹取物語について》（關於竹取物語）；《日本文學原論》
16	一種永遠感傷的童謠故事	池田龜鑑，《物語文學》
17	將古傳承當做童謠故事而率直地表現成物語的作品	石母田正，〈宇津保物語についての覚書〉（關於宇津保物語的備忘錄）
18	一種幽默性的小說	市古貞次，《竹取物語全釋》
19	貴族社會中的傳奇性戀愛小說	西鄉信綱，《日本古代文學史》
20	以相反的現實性題材和傳奇性題材為契機所統合的物語世界	柿本奬，「竹取翁物語試論」《國語國文》一九五一年七月
21	人類無力感的文學	長谷川信好，《國語國文》一九五六年五月

總括以上諸位學者的論點，可見《竹取物語》的本質涵蓋之廣，並非三言兩語所能道盡。

總而言之，《竹取物語》雖然以舊竹取傳說故事爲基礎，卻不是一味地模仿或繼承，其內容構思也不停滯在傳承世界中，而是植根於王朝生活中的現實題材和現實意識之內。換言之，當新的物語文學類型生成之際，既存的文學形態（傳承、和歌）是不能忽視的。而且，當時主要讀者群以後宮女性爲主，在她們的意識底下，不但先天上會嚮往華麗優雅的世界或渴望纖細的感情生活，還會因處於一夫多妻的風俗民情下，引發宿命論般的女性悲哀感，而對現實社會產生懷疑。爲了掌握這等讀者的性情並投其所好，《竹取物語》作者便利用早已和她們密不可分的傳承故事，在舊衣下添加新的內容。

作者不僅以知性的、巧妙性的手法處理了古老傳說故事，更在其中植入王朝的現實題材和現實意識，並且透過典型的人物造型，將那些仗勢弄權而自豪的上流貴族給予批判與譏諷，在整個生動快活如笑劇般的舞台中，描繪出新的文學性眞實。作品中既批評、嘲笑了貴族的「好色之輩」①男子的虛浮本性，也描述了赫映耶姬升天時，她那理智的現實意

① 好色之輩：日文為「色好み」，此語在平安時代通用於男女兩性上。特別指稱，在容貌、態度、性

識，以及深刻的浪漫哀傷情景，這些文學條件都能迎合當時讀者群的嗜好而被交相閱覽。所以從一部《竹取物語》中，不但可看出新文學形態在傳統的故事形態中蘊藏著發展性、創作性的契機，更結合了現實性和傳奇浪漫性、現實和理想、醜陋世界和美麗世界、滑稽情節和哀傷情節、漸衰而亡現象和永遠不變現象等相對要素，從而展現出的高度文學統一體。換句話說，《竹取物語》既是一部輕鬆有趣而又天眞無邪美的文學，更是具備深奧思想和古代傳統中的創新文學作品。

由以上作品的特質顯現，《竹取物語》不愧被稱爲日本物語文學之祖。

有趣的是，在昭和四〇年代（一九六五—），學術界掀起了《竹取物語》與外國文藝之間的比較文學研究熱潮。特別是中國大陸所出版的〈斑竹姑娘〉，更是學界間的熱門話題。以下就其研究熱潮的原委簡予介紹，以供鑑賞《竹取物語》之參考。

（續）

格、才能等方面，具有吸引異性魅力又深解戀愛情趣之人。這在當時貴族社會中，被當作是貴族的理想典型之一。與後來帶道德意味且常受惡評的「好色之徒」，在意義上迥然不同。然而「好色之輩」多目標的物色行為，常造成深閨女性不安的心理，甚至會被認為是一種虛浮不實的行為。除非像《源氏物語》中的男主角光源氏，不但人品、才華、相貌等各方面皆無懈可擊，連在感情生活上，其用情也能做到面面俱到，不受女性埋怨之外，「好色」終究會招致惡評的。

五、《竹取物語》與〈斑竹姑娘〉

〈斑竹姑娘〉是流傳於四川省阿霸、甘孜等藏族自治區，及雲南省藏族自治區一帶的《金玉鳳凰》長篇民間故事中的一則。《金玉鳳凰》是編者田海燕從一九五四—五六年之間所採集整理的民間故事，後於一九五七年將其編印成書，由上海兒童出版社發行。《金玉鳳凰》的內容敘述一位王子前去尋找鳳凰，在途中歷經好幾次失敗，終於找回鳳凰而成爲賢君的長篇民間故事。其間，穿插有各色各樣的短篇民間傳說、民間故事，而〈斑竹姑娘〉便是其中之一則。由於《金玉鳳凰》是由各種不同的故事所連貫而成，因此被稱爲「連環故事」。《金玉鳳凰》之所以被日本學界重視，因爲其中的〈斑竹姑娘〉的內容和日本古典文學的物語之祖《竹取物語》有酷似之處。〈斑竹姑娘〉在日本首次被石田彌榮子女士在〈竹取物語の成立に関する一考察〉(有關竹取物語成立的一考察)(《アジア・アフリカ語學院紀要》三號，一九七二年十一月)中介紹、日譯，並且提出了和《竹取物語》之間的相關報告之後，旋在日本物語學界中掀起了研究熱潮。到底〈斑竹姑娘〉和《竹取物語》的內容有哪些地方一致，請參照以下石田彌榮子女士在她的論文中所整理出的比較表(筆者譯)，便可一目了然。

《竹取物語》和〈斑竹姑娘〉中五位求婚者的難題求婚譚比較表

	《竹取物語》	〈斑竹姑娘〉
	求婚者一	求婚者一
求婚者	石作皇子	土司的兒子
被提示的難題	佛祖的石缽	三年內取回一口打不破的金鐘
難題物品的性格	天竺國內獨一無二的石缽	緬甸國境的警鐘
求婚者的心境	雖然沒有到手的可能性，但又抱著若不與那女子結婚就活不下去的心態。	雖然沒有到手的可能性，可是對美麗的斑竹姑娘又不肯放手的心態。
到手之物	大和國的某山寺內的漆黑石缽	偷得深山某座廟內的銅鐘，加以鍍金。
女主角的行動	端詳石缽是否會發光，結果發現連半點螢光都沒有。	用槌子一戳鍍金的銅鐘，結果金箔脫落，銅鐘被戳個大洞。
被發現是贗品的後果	蒙羞而逃	蒙羞而逃
	求婚者二	求婚者二
求婚者	庫持皇子	商人的兒子
被提示的難題	一株銀根金莖結白玉果實的樹	三年內取來一株打不碎的玉樹

難題物品的所在地	東方海上的蓬萊山	通天河
到手的經過	○從難波港出航，三天之後又駛回該港。 ○召請了六位在鑄造精細手工藝品上最負盛名的專門工匠 ○投入鉅資令造玉枝	○前往北方 ○招了幾個手藝高超的漢人工匠 ○投入鉅資令造寶貴玉樹
女主角的心境	我豈不是要敗在皇子的手下？	的確又美麗，又貴重。
被發現是贋品的後果	○鍛冶工匠至今未獲報酬而前來申訴 ○皇子於日暮西垂後逃離 ○皇子在半途將工匠們懲戒一番，然後躲進深山。	○漢人工匠前來責備他不付工錢 ○商人的兒子抱著玉樹就想逃走 ○被漢人工匠們拉著手，把玉樹打碎，然後扭著走了。
	求婚者三	求婚者三
求婚者	右大臣阿部御主人	官家的兒子
被提示的難題	唐土境內的火鼠皮衣	三年內找來一件燒不爛的火鼠皮袍
難題物品的所在地	唐土	松藩

到手的經過	○給唐土的王慶寫親函 ○獲知王慶購得天竺國聖僧帶到唐土的皮衣	○從西藏問到四川又問到北京 ○第二年的冬天才在松藩的深谷廟中找到皮袍
女主角的行動	火鼠皮衣在熊熊大火中燒成灰燼	投進火裡，火鼠皮袍燒成灰燼。
被發現是贋物的後果	臉色變得灰綠，垂頭喪氣而去。	低著腦袋，騎馬而去。
	求婚者四	求婚者五
求婚者	大伴御行大納言	膽小而又喜歡吹牛的少年
被提示的難題	龍頸上的五色夜明珠	三年內取來海龍頷下的分水珠
到手的經過	○將食糧、財產分給家僕，令他們去取龍珠。 ○家僕拿了東西就銷聲匿跡了 ○親自出航來到筑紫方面的海域 ○突起暴風，導致吐得東倒西歪。 ○三、四天後，被吹到播磨明石的海灘，卻以為是南海而躺臥著。	○拿出金銀、刀槍，接二連三地派人出海去取龍珠。 ○那些人拿了東西就溜到遠地去了 ○帶著人乘船出海去了 ○遇上大風，導致翻腸倒肚地吐得頭要開花，胸要裂開。 ○第七天，船已擱到無人跡的南方荒島沙灘上。

	求婚者五	求婚者四
結果	被用手轎抬回家	住在島上，永遠流落海外。
求婚者	中納言石上麻呂足	驕傲自大的少年
被提示的難題	燕窩中的安產貝	三年內找來燕窩中的金蛋
到手的經過	○命令男僕，若燕子開始築巢，便來通告。 ○有人報告說，大膳房的橫梁上有燕子築巢。 ○有人提議，找人坐進竹籠並用繩索將他吊提上，趁機探手取安產貝。 ○中納言坐進竹籠 ○男僕們慌忙間，用力過度，拉斷繩子，同時中納言便跌得四腳朝天。	○帶著手下人，四處搗毀了無數燕窩。 ○有人騙少年說，摩天台的畫梁上的燕窩裡有金蛋。 ○少年在繩子的一頭結上小鐵鎚，將它擲繞畫梁，讓小鐵鎚墜下繩子，再繫上桶子。 ○少年坐進桶子 ○為躲避燕子的攻擊而跌出桶外
結果	氣斷命絕	跌死了

內容上雖然有上述的近似現象，但是，筆者曾從作品的描寫技巧、情節演變、主角造型，及文化背景等方面做過比較考察，所得結果如以下對照表所揭示。

	《竹取物語》	〈斑竹姑娘〉
一、女主角竹中誕生的意義	主導性	前提性
二、故事的社會背景	貴族性、都會性	庶民性、地方性
三、女主角對養育者的態度	報恩性	入嫁性
四、求婚者的性格	風流、好色	無學、無才
五、女主角提出難題的態度	被迫、暫時性彌補策略	有意圖、主動的
六、女主角的處世態度	贖罪性、宿命論性	助人的、人為的
七、女主角的心理狀態	天女性與人性相互矛盾	單純無衝突
八、作品中的人物造型	創作文藝性人物	傳說故事性人物
九、關於女主角美麗的描寫	光輝閃耀般美麗	牝鹿般美麗
十、最後的結局	悲劇性（棄親拋愛之苦）	喜劇性（幸福、美滿）

換句話說，五項難題雖然幾近一致，然而從以上的分析比較可知，傳說故事的〈斑竹姑娘〉的文藝性或文學價值，都難於和屬創作文藝的《竹取物語》相提並論。更何況有關五項難題的近似問題，不但難於確定其影響關係，而且要當作日本古典物語《竹取物語》的出典文獻，在考證上仍有甚多不明之處。所以根據芳賀繁子女士的「《竹取物語》研究における〈斑竹姑娘〉の非資料性(在研究《竹取物語》上〈斑竹姑娘〉的非資料性)」(《中古文學論攷》第八號，一九八七年十二月)論文來做結論的話，〈斑竹姑娘〉能否成為與《竹取物語》比較研究的對象，尚有再檢討的必要。唯一能說的是，透過和〈斑竹姑娘〉的比較，更凸顯了《竹取物語》的文學特質及其文學價值。

貳、《竹取物語》中的「和歌」翻譯問題

一、前言

翻譯日本古典名著，除了會碰到古典文法的問題之外，「和歌」這一種三十一字音(五七五七七)的日本傳統詩歌，更是翻譯上的高難度挑戰。日本傳統的「和歌」當然是以

《萬葉集》的時代最早，之後有《古今和歌集》①、《新古今和歌集》等代表時代的和歌集問世，其文學地位有如中國文學中的「唐詩」。另外日本平安時代還有一種稱爲「和歌物語」的文學形態，從中我們可以鑑賞到每一首和歌被吟詠出來的背景故事或典故，主要作品如：《伊勢物語》、《平中物語》和《大和物語》。

除以上兩種文學形態的作品中包含多數的和歌之外，日本平安時代另一重要古典文學形態——物語(日本古典小說)中，「和歌」也占有不可或缺的重要功能，而在物語作品中出現的和歌，一般又以「物語和歌」稱之。個人研究日本平安時代前期的物語文學(有《竹取物語》、《宇津保物語》和《落窪物語》)，基於全盤掌握自己的研究對象，希望藉由翻譯深入詮釋作品中的深遠文意，於是利用整整一年(一九八八—一九八九)的時間，首先完成了日本物語之祖《竹取物語》的翻譯初稿。後來獲成功大學外文系的《小說與戲劇》期刊的邀稿，除了自己重新改稿之外，又經當時成大外文系系主任任世雍教授(現任成功大學文學院院長)文字修辭上的潤筆，一九九四年拙譯《竹取物語》②全文翻譯才有

① 中譯本有二：1. 紀貫之等撰，楊烈譯，《古今和歌集》，復旦大學出版社，一九八三。
2. 紀貫之等撰，張蓉蓓譯，《古今和歌集》，致良出版社，二〇〇二。

② 賴振南譯(一九九四)，「竹取物語——日本物語之祖(全文)」"Fiction and Drama"(小說與戲劇)一九

幸公開發表出來。初譯《竹取物語》至今已事隔十年以上，這些年來總覺得物語中的和歌，在中文翻譯上仍有問題待討論，於是又屢次將《竹取物語》的內容重新審閱，一再檢視自己所翻譯的和歌是否恰當。

另外，我於二〇〇二年四月春假期間前往北京進行參訪，有幸收集到豐子愷翻譯的《竹取物語》，於是心生和歌翻譯比較的念頭，就透過「人文社會科學史料典籍研讀會」①的口頭發表機會，試將《竹取物語》內的和歌的翻譯問題提出來探討。希望能藉由物語中的和歌翻譯比較，發現各家和歌翻譯在詮釋與用詞遣字的優缺點，找出各家和歌翻譯在格式、形式上的長短處，以作爲日後修正《竹取物語》翻譯、挑戰更長篇物語作品翻譯上的參考。唯有不斷地自我發現、解決翻譯問題，才能眞正將古典文學的原味與精髓翻譯出來，若能做到像谷崎潤一郎三譯《源氏物語》的功夫，才不至於讓古典文學失色。

(續) 九四年，頁一一九—一六八，成功大學外文系)。

① 教育部顧問室，「人文社會科學史料典籍研讀會」九十一年度「中國與日本的文化交會」研究計畫。主持人：陳明姿(台灣大學日文系教授兼主任)；協同主持人：范淑文(台灣大學日文系助理教授)。執行期間：民國九十一年一月至九十一年十二月)。

二、和歌翻譯上的問題

一般市面的翻譯作品皆以近現代作品爲多，而古典的作品，例如著名的《萬葉集》雖然也有中文(簡體字)翻譯本①，然而會實際去閱讀的人卻很少。可能因爲內容全是和歌，屬於較難理解的非故事性內容，再加上此作品內容分量也很多，所以不易引起一般讀者的興趣。其中在台灣已經相當著名的日本平安時代的翻譯作品有林文月翻譯的《源氏物語》②、《伊勢物語》③、《枕草子》④、《和泉式部日記》⑤。二〇〇二年四月，我有幸能夠造訪大陸北京，在一次與北京文藝界的幾位外國文學學者⑥懇談的餐會上，我認識了文潔若女士，年約七十多歲，她乃是二十幾年前北京人民出版社的日本文學翻譯界的著名

---

① 楊烈譯，沈佩璐等人校，《萬葉集》上下冊，湖南人民出版社，一九八四。
② 紫式部著，林文月譯，《源氏物語》，中外文學月刊社，一九八九。
③ 林文月譯、圖，《伊勢物語》，《洪範叢書》，洪範書店，一九九七。
④ 清少納言著，林文月譯注，《枕草子》，中外文學月刊社，一九八九。
⑤ 林文月譯注、圖，《和泉式部日記》，三民叢書一五五，三民書局，一九九七。
⑥ 王大鵬(中國社會科學院，文學研究所文藝理論研究室研究員)、文浩若(文潔若弟弟，人民文學出版社編輯，中國日本文學研究會理事)等研究外國文學的學者。

總編輯兼譯者，出版過許多日本文學翻譯作品，而且還不分古典或近現代的作品。當時我正在找尋一本大陸出版、豐子愷翻譯的日本平安朝物語文學作品《落窪物語》①，由於此譯本未能在台灣尋獲，因此便趁此次機會試著向文潔若女士打聽，沒想到文女士聽了之後，竟一口肯定說她家正好有這譯本，並當場答應願意贈送此譯本給我，於是邀我會後去她家拿。因此，在文藝懇談餐會後便造訪了文潔若女士的人民公社。一到她家，馬上發現她家書櫃上並非只有《落窪物語》，就連日本江戶時代的一些較冷門的作品，都早已被翻譯成中文陳列在她家中。由此可見，大陸人口眾多還眞有好處，可以找到許多具有閒情逸致的文人，願意花時間將日本文學作品一一翻譯成中文。因此，有大部分未能在台灣尋獲的日本文學中文譯本，都可以在大陸發現。

當文潔若女士允許我自行取閱書架上的書時，除了《落窪物語》之外，我還要求是否可以拿其他作品的中譯本。另外，我也發現一本石川啄木的詩集譯本，當我再次詢問是否可以贈閱的時候，文潔若女士卻說這本只能用暫時借閱的方式寄放我這裡，但我想現在書

---

① 豐子愷譯，《落窪物語》日本文學叢書，人民文學出版社，一九八四，內含《竹取物語》、《伊勢物語》、《落窪物語》三部作品。

在我手上，我已捨不得還她了。碰巧在「石川啄木文學國際會議」（高雄第一科技大學外語學院主辦、輔大日文系協辦，二〇〇二年四月廿八—廿九日）中的詩歌朗讀會，這本石川啄木的中譯本詩集正好派上用場了。在此我想說明的是，其實已經有許多日本文學作品的中譯本在大陸出版，尤其古典作品，當然近現代作品的譯本數量也不在言下。周作人也同樣翻譯了許多日本古典和近現代的作品，只不過都是用筆名，這個是透過文潔若女士才知道的秘密，其實周作人用不同的筆名，翻譯了很多作品，所以日後大家若有機會造訪大陸，在書架上發現日本文學作品的譯者是周某某時，有可能都是由周作人所翻譯出來的作品。

1. 物語中的和歌

由於以上的因緣，我能參考到豐子愷翻譯的《竹取物語》，當我將它拿來與自己的翻譯對照閱讀時，我客觀地發現了彼此之間在和歌上的翻譯問題。關於這方面的分析比較，容我另闢章節討論，先讓我解釋一下「和歌物語」與「物語和歌」的不同，以及和歌的分類。所謂「和歌物語」，例如《伊勢物語》中的和歌，整個物語的形態是以和歌爲主，故事爲輔。另外一種爲創作物語，例如在《竹取物語》、《源氏物語》這類以故事情節爲主的物語中，配合人物關係，視情節的需要，穿插進「物語」中的「和歌」，也稱爲物語和歌。

一般和歌分爲「獨吟和歌」、「相聞和歌」，以及「宴會和歌」。「獨吟和歌」就是個人觸景生情而獨自吟詠的和歌，通常都是感懷季節或讚嘆各種事物的和歌居多。而「相聞和歌」是指男女之間依激發出來的情愫所寫的和歌。「宴會和歌」較特別，是指公開場合的宴會，包括婚喪喜慶等等，在類似的公開活動當中，大家選一個主題，以即興的方式來吟詠和歌。例如若當時節慶的季節剛好爲春天，那可能就會以櫻花爲主題輪流吟詠和歌，進行的方式通常由官位較高階的人開始吟詠，往下輪流交替。所以有時候就會出現一堆有關春天或櫻花的和歌，不過這些都是以遊興爲目的的餘興節目。而這種情形在《宇津保物語》中常常出現，故事裡有時會一下子出現二、三十首和歌，同時串聯在一起，而這也形成《宇津保物語》的一個很大特色，而且是其他物語比較少見的。當然這種情形也可以說是在物語創作手法上還未純熟的證據。像《源氏物語》雖然也有穿插宴會和歌在物語中，卻不會有一股腦兒出現二、三十首和歌的情形。若以《古今和歌集》與《萬葉集》這類歌集來看，會以「獨吟和歌」、「相聞和歌」居多，因爲並不是以故事爲主要訴求，鮮見宴會場景，所以歌集當中，或以季節春夏秋冬爲主的和歌，或以男女戀情爲主的和歌，或者邊防士兵對故鄉思念的種種情懷的和歌爲主流。

2. 和歌的中文翻譯的現況

關於和歌的中文翻譯的現況，原本是希望能夠引用《萬葉集》的譯本，但從豐子愷翻譯的《竹取物語》當中還是可以看得出來。例如豐子愷翻譯《竹取物語》①的第一首和歌，大多以一句七言，共兩句的方式來翻譯。在《竹取物語》中第八首與第九首的和歌，又是以一句五言，共四句的形式翻譯。《萬葉集》或《古今和歌集》的翻譯沒有一定的格式，雖然和歌中有五、七、五、七、七這樣的固定形式，但中文翻譯取決於各家翻譯手法而有所不同。像林文月教授翻譯《伊勢物語》中的和歌，是以共三句的形式翻譯，並且會在譯文當中多加一個「兮」字，也就是類似楚辭的方式來翻譯和歌。林文月教授的翻譯特色，就是遵照和歌原有三句的形式，再以楚辭的修飾手法，展現和歌原貌。在參考資料(一)我列了《伊勢物語》的第一段與第一二五段的三種翻譯②，大家可以稍作比較。例如原文：「春日野の若紫のすり衣しのぶのみだれかぎりしられず」，林文月教授譯爲：「春日野兮信夫染，窺得卿貌心亂迷，若此紫紋兮情難斂。」林文月教授的翻譯手法近似

---

① 同頁四〇注④。詳細的豐子愷譯及賴振南譯的和歌譯文，請參照文後的參考資料(二)。
② 請參照文後的參考資料(一)。

楚辭，對於現代人在閱讀上可能會感覺較生硬。再對照豐子愷的譯文爲：「誰家姊妹如新綠，使我春心亂似麻。」如此以七言對句的方式呈現。相較之下，我的翻譯：「春日郊野紫草嫩，貌美年輕情難忍，戀心恰似忍草染，模樣縱橫迷亂甚。」字數就更爲繁多，我的手法是以七言四句的方式進行翻譯，而翻譯出來的七言四句譯文是否眞能列爲七言絕句，還會牽扯到一些作詩的規則。不過至少都是七言，而且盡量讓一二四句有韻味，但實際上是否切合押韻規則，在此不加考究。我要說明的是，面對和歌的中文翻譯，雖是各家手法不盡相同，不過至少都還是會盡力將和歌中的涵義呈現出來，再以詩的方式加以修飾文句。這其中很難去評斷哪一家的手法較勝。當我在翻譯《竹取物語》的時候，要考慮到很多情況，還要配合前後文，當五、七、五、七、七共三十一個字並沒有足夠內容涵義時，其實有些和歌只要兩句就能夠將和歌的意思表達出來，但有時和歌具較深遠意義時，若仍局限於兩句譯文之內要譯出，可能就略顯不足，所以這種情形就不易拿捏。因此當豐子愷翻譯《源氏物語》中的和歌時，並沒有像林文月教授仍採取一貫手法，自始至終皆以三句的方式翻譯和歌，而是與翻譯《竹取物語》一樣，時而翻譯成對句，時而翻譯成四句，因此句意上會顯得比較淺顯易懂。相較之下，林文月教授的譯文就比較文言，含有較深的句意在裡面，讓讀者在閱讀的時候，還要再進一步思考中文的文言文涵義才能懂得整首和歌的意境。這種和歌的翻譯或許在詩境上會達到很深遠的層面，但也可能使讀者更難掌握其內容。

原本在林文月教授未將《伊勢物語》翻譯出來之前，我也曾想過要把《伊勢物語》翻譯成中文，但無奈並無多餘的時間，便先將第一段及第一二五段試行翻譯出來①。之後回到台灣，發現已經有林教授的譯本，因此也就放棄翻譯。

資料上《伊勢物語》第一二五段「つひにゆく道とはかねて聞きしかどきのふ今日とは思はざりしを」，豐子愷譯爲「有生必有死，此語早已聞。命盡今明日，教人吃一驚。」其中有文言，又有白話文（教人吃一驚）摻雜。在此翻譯中，豐子愷犯了一個錯誤。在原文「きのふ今日」一句，應是指「昨日今日」，但他卻譯爲「今明日」。一般在閱讀物語時，通常提到死期接近都是用「けふかあす」來形容，所以中文會用「今日或明日」來表達，但《伊勢物語》較特別，是用「きのふ今日」。一般人對於「きのふ今日」與「今日明日」的用法不會太在意，但我卻認爲其中有很大的不同。從「きのふ今日」一詞

① 賴振南譯，〈《伊勢物語》第一段・第一百二十五段〉，《東北學人》第八期，日本東北大學台灣留學生會，一九九一。

中，讓我深深感受到，若死期本來應該是昨日，雖逃過一劫而延遲了一天，卻也是迫近到今天，感覺上吟詠此和歌者，受死神魔掌的壓迫已不見明日的曙光。但若是「今日明日」，指的是死神腳步明日才會接近，至少還有今天可以生存，因此緊迫、壓迫感就沒有「きのふ今日」來得強烈。換句話說，從《伊勢物語》當中用的「きのふ今日」一詞可以感覺出來，死神早已在昨日造訪過，其緊迫、壓迫感比用「今日明日」來得更加強烈。另一方面，林文月教授譯爲「終將去兮此道途，亦曾聽聞非未曉，昨日今日兮竟逼吾。」在此並沒有誤譯，且用字也相當好，可以感覺到其中的緊迫。而我翻譯的字數略多，「人生終往之死路，必至一事心有數，難料時日快且速，已至昨日今日處。」以上就是簡單就《伊勢物語》的中文翻譯現況稍作介紹，足見翻譯一首和歌，非得面面俱到才行，一不留意和歌的中文翻譯是會整首全毀的。

《源氏物語》的中譯本較著名的有台灣的林文月教授，以及大陸的豐子愷翻譯①的兩種版本，而我二〇〇二年四月走訪大陸北京時，發現還有一位名叫梁春的譯者。其譯本在

---

① 紫式部著，豐子愷譯，《源氏物語》，遠景出版，一九九三。

二〇〇二年三月出版①。此譯本似乎是照著豐子愷的底稿，再稍作修飾出版的。例如豐子愷譯爲對句的，這位梁姓譯者也是譯爲對句，格式與豐子愷大致略同，只是在文字上的修辭稍作修正罷了。當然在此不能斷言這位梁姓譯者是抄襲豐子愷的譯本，因爲同一首和歌在遣詞用字上的雷同是無可厚非的。

另外提到翻譯古典作品中，翻譯和歌集與創作物語中的和歌有很大的不同。在翻譯物語中的和歌時，還必須配合前後文翻譯出和歌的意境，使讀者能夠聯想到前後情節，使和歌更爲生動。而和歌集中的和歌，雖然在一旁有「ことばがき」（和歌前言）說明該和歌被吟詠出來的故事背景，但主要還是在和歌本身的個人情感抒發。一般創作物語的故事情節中，通常是在故事內容相當緊湊或男女情愫進入高潮時，才會出現和歌，也就是說物語中的和歌乃是配合內容需求才出現的。因此可以從物語中的和歌出現的次數、密度、緊張度、適當性、技巧性等等角度，足以來衡量一部創作物語的文學價值。

① 紫式部著，梁春譯，《源氏物語》上下冊，雲南人民出版社，二〇〇二。

三、豐子愷譯與賴振南譯《竹取物語》的和歌比較

接下我想拿豐子愷翻譯的與我自己翻譯的《竹取物語》來稍作比較，試從比較中探討一下和歌的中文翻譯問題。

和歌集中的和歌與創作物語中的和歌，在翻譯上手法不同當然是不在話下。誠如前面所提及，和歌集中的和歌，每一首和歌可以說是獨立的，但創作物語中的和歌卻必須考量到前後文的連貫，使讀者在鑑賞和歌的時候，能夠更深入了解並進入物語的情境，所以在翻譯和歌時，我的翻譯方式會考量到物語中的前後文。我的譯文大多以「七言四句」的方式譯出，當初會選擇以七言四句的方式，也是考量到物語中對於每個單字的注解和解釋都已被考證得非常詳盡，所以在翻譯的時候，並非只有單純將和歌的意思翻譯出來，而是想要將注解中對於單字包含的每種涵義都展現在譯文中，因此我決定採用七言四句的多字展現方式，企圖將和歌的意義表現出來。或許有時會被認爲虛字的使用頻繁是畫蛇添足，但看過許多古典物語的單詞注解就知道，物語中一些特殊用語上其實背後都有深遠的意義，因此，我還是主張以七言四句的方式，將內容完整呈現，這或許能自成個人的翻譯特色也說不定。

我於一九八八年開始翻譯《竹取物語》，並於一九九四年將完整的翻譯文登載在成功大學的《小說與戲劇》的期刊裡。而早在一九七四年左秀靈已有中日對照翻譯①，但其目的是爲了編教科書，所以在和歌上的翻譯並沒有太講究，只爲簡單傳達出內容意思。當我在翻譯《竹取物語》時，並不知道有其他的譯本，當初也只是單純希望對自己的研究對象能有更進一步的理解，才將之翻譯出來。而我與豐子愷的譯文在翻譯時，也沒有參照彼此的譯文，因而在這樣的情形下比較兩種翻譯也別具意義。

第一首原文：「海山の道に心をつくしはてないしのはちの涙流れき」，豐子愷譯爲：「渡海超山心血盡，取來石缽淚長流。」賴譯爲：「跋涉山海萬里行，竭盡心力訪峰頂，血淚交横得尊缽，願汝能察吾眞情。」豐子愷譯的已有將涵義大致翻譯出來，但在此首和歌中有出現「かけことば」，也就是雙關語。例如原文中的「ないしのはち」，「ないし」就是從「泣きし」轉變來的，而「いしのはち」便是影射石作皇子的石缽，當かぐや姬(赫映耶姬)要求他尋找會發光的缽時，他卻拿了一個假的來充當寶物呈給かぐや姬。另外此句也可斷句爲「**ち**の**涙**流れき」，意爲流出**血涙**。但是豐子愷將之譯爲「取來石缽

① 左秀靈譯注，《中日對譯竹取物語》，名山出版社，一九七四。

淚長流」，我認爲還未達到和歌中雙關語的深切意義，因此我將此句翻譯爲「血淚交橫得尊鉢」。我認爲若沒有把和歌中所想表達出來的血淚情感翻譯出來，此譯文便顯得不夠完美。在我的譯文第四句「願汝能察吾眞情」，雖然和歌中並沒有提及，但原文想表達出石作皇子盡心盡力只希望赫映耶姬能夠了解他的用心，所以我多譯出這一句，更能表達出石作皇子的心情寫照。

接下來第二首原文：「置く露の光をだにも宿さましをぐら山にてなにもとめけむ」，豐子愷譯爲：「一點微光都不見，大概取自小倉山。」以很簡單的兩句譯出，但略顯得句意表達不足。賴譯爲：「佛祖石鉢本有芒，奈何此鉢無露光，出自幽暗小倉山，何苦尋之來充當。」原文末句中的「もとめけむ」，表達出赫映耶姬譏諷石作皇子竟拿一個假的鉢來充當寶物，所以我將之翻譯爲「何苦尋之來充當」，與豐子愷的譯文略顯不同。

第三首和歌原文：「白山にあへば光の失するかとはちを捨てても頼まるるかな」，豐子愷譯爲：「鉢對美人光自滅，**我今扔鉢不扔君**。」譯文相當淺顯，但此句豐子愷在主詞的被動主動上似乎有所誤解。原文中的「捨てても頼まるるかな」一句當中，豐子愷的譯文涵義說明石作皇子的鉢因爲遇到赫映耶姬而失去光芒，所以石作皇子要捨棄石鉢，選擇赫映耶姬。但其原文的意思應該是石作皇子被動地期待赫映耶姬的安慰，因此我翻譯

爲：「君如白山光輝耀，缽失光彩事能料，棄缽捨恥不復拾，**厚顏期待汝光照**。」表達出石作皇子厚著顏面希望得到かぐや姬的安慰與憐憫。

第四首和歌：「いたずらに身はなしつとも珠の枝を手折らでただに帰らざらまし」，豐子愷譯爲：「身經萬里長征路，不折玉枝誓不歸。」此句與我的譯文：「一心一意爲折樹，縱使身逝或命無，若不摘得玉枝回，豈有厚顏歸此處。」作比較，豐子愷的譯文略勝一籌，既簡單且又將整首和歌句意充分表達。

第五首和歌：「くれ竹のよよの竹とり野山にもさやはわびしき節をのみ見し」，豐子愷譯爲：「常入野山取新竹，平生未歷此艱辛。」此句譯文也很精簡，而我的譯文：「節節吳竹野山中，長年採取醜老翁，辛勞艱苦遍嘗過，卻無皇子勞苦重。」只是加入很多虛字罷了。

第六與第七首和歌比較沒有什麼翻譯上的問題，省略不談。跳到第八首和歌：「かぎりなき思ひに焼けぬ皮衣たもと乾きて今日こそは着め」，豐子愷在此句翻譯轉換成五言四句的譯法，他譯爲：「熱戀情如火，不能燒此裘。經年雙袖濕，今日淚方收。」賴譯爲：「無限思念烈如火，難燃皮衣入吾手，宿願終償袂始乾，今日寢衣得共著。」在此豐子愷已經無法一如之前的對句譯法，而改用四句才能將和歌內容完全表達。這樣不受字數

限制，形式與格式說改就改，是否會影響和歌翻譯的整體美雖有待商榷，但譯者於翻譯前若譯無章法，則和歌多的作品將更明顯呈現雜亂無章的現象，我想這是可以事先避免的。

第九首和歌：「なごりなく燃ゆと知りせば皮衣思ひのほかに置きて見ましを」，豐子愷譯爲：「假裘經火炙，立刻化灰燼。似此凡庸物，何勞枉費心！」賴譯爲：「皮衣一焚無遺跡，若能預知此眞機，置放煩思之火外，尚可觀賞不生惜。」此句亦然，和歌意境較爲深遠，豐子愷同樣無法只用對句表現，而改以五言絕句譯之。

再跳到第十四首和歌：「今はとて天の羽衣着るをりぞ君をあはれと思ひいでける」，其中用到「あはれ」，這種提及美學意識的字在翻譯上是一大難題，它很難用一兩個單字，將其深遠的詩境表達出來。不論怎麼翻譯，總會讓人覺得不足。這種情形類似「色好み」這個概念詞，同樣不易翻譯成中文。若只是單純譯爲「好色」、「風雅」等，也不能代表全部意義。在此句豐子愷譯爲：「羽衣著得升天去，回憶君王事可哀。」他將「あはれ」翻譯成「哀」，但是事實上所代表的意義又並不只有哀。而我的譯文：「事到如今時近逼，正値穿起天羽衣，君王之事思慕起，深感哀切心難依。」我使用哀切的字眼，稍稍點出哀情而已。

最後一首和歌：「逢ふこともなみだに浮かぶわが身には死なぬ薬もなににかはせ

む」，豐子愷只譯成：「不能再見輝夜姬，安用不死之靈藥。」實在過於簡略，因爲像「なみだに浮かぶわが身」(吾身浮淚水)這種和歌中悲傷時慣用的強調用法竟然沒有翻譯出來，令人感到遺憾。賴譯：「吾身浮沉悲淚中，只緣與汝永難逢，縱有不老不死藥，於事何益難服用。」較完整呈現原文和歌意境。

四、結論

以上內容，對照彼此的翻譯，能夠更清楚自己在翻譯上的缺失，例如用對句便可以將句意表達出來的和歌，爲何自己要用到四句，可能會略顯累贅；但整個物語中的和歌若有時用對句，有時用四句，也會顯得整個翻譯並沒有一致性，其中的平衡點，其實並不容易拿捏。希望在日後能夠再比較其他中文譯本，或許更能夠將《竹取物語》的和歌翻譯再一次精準地呈現吧。

參考資料：《伊勢物語》、《竹取物語》中的和歌原文及中譯文

(一)《伊勢物語》第一段與第一百二十五段

1. 春日野の若紫のすり衣しのぶのみだれかぎりしられず(第一段)

林文月譯：春日野兮信夫染，窺得卿貌心亂迷，若此紫紋兮情難斂。
豐子愷譯：誰家姊妹如新綠，使我春心亂似麻。
賴振南譯：春日郊野紫草嫩，貌美年輕情難忍，戀心恰似忍草染，模樣縱橫迷亂甚。

2. つひにゆく道とはかねて聞きしかどきのふ今日とは思はざりしを（第一百二十五段）
林文月譯：終將去兮此道途，亦曾聽聞非未曉，昨日今日兮竟逼吾。
豐子愷譯：有生必有死，此語早已聞。命盡今明日，教人吃一驚。
賴振南譯：人生終往之死路，必至一事心有數，難料時日快且速，已至昨日今日處。

（二）《竹取物語》中的和歌

《竹取物語》的和歌原文	《竹取物語》的和歌中譯
一、（石作の皇子） 海山の道に心を つくしはて ないしのはちの涙流れき	（豐譯） 渡海超山心血盡，取來石缽淚長流。 （賴譯） 跋涉山海萬里行，竭盡心力訪峰頂， 血淚交橫得尊缽，願汝能察吾真情。

二、（かぐや姫） 置く露の光をだにも 宿さまし をぐら山にてなにもとめけむ	（豐譯） 一點微光都不見，大概取自小倉山。	（賴譯） 佛祖石缽本有芒，奈何此缽無露光， 出自幽暗小倉山，何苦尋之來充當。
三、（石作の皇子） 白山にあへば光の 失するかと はちを捨てても頼まるるかな	（豐譯） 缽對美人光自滅，我今扔缽不扔君。	（賴譯） 君如白山光輝耀，缽失光彩事能料， 棄缽捨恥不復拾，厚顏期待汝光照。
四、（庫持の皇子） いたずらに身はなしつとも 珠の枝を 手折らでただに帰らざらまし	（豐譯） 身經萬里長征路，不折玉枝誓不歸。	（賴譯） 一心一意為折樹，縱使身逝或命無， 若不摘得玉枝回，豈有厚顏歸此處。
五、（竹取の翁） くれ竹のよよの竹とり 野山にも さやはわびしき節をのみ見し	（豐譯） 常入野山取新竹，平生未歷此艱辛。	（賴譯） 節節呉竹野山中，長年採取醜老翁， 辛勞艱苦遍嘗過，卻無皇子勞苦重。

六、（庫持の皇子） わが袂今日乾ければ わびしさの ちぐさの数も忘られぬべし	七、（かぐや姫） まことかと聞きて見つれば 言の葉を 飾れる珠の枝にぞありける	八、（阿部の右大臣） かぎりなき思ひに焼けぬ 皮衣 たもと乾きて今日こそは着め
（豐譯） 長年苦戀青衫濕，今日功成淚始乾。	（豐譯） 花言巧語真無恥，偽造玉枝欲騙誰！	（豐譯） 熱戀情如火，不能燒此裘。 經年雙袖濕，今日淚方收。
（賴譯） 潮水共淚濕衣袖，長旅幸得玉枝就， 今日袖乾心生喜，千種憂苦忘追究。	（賴譯） 聞言似真又近實，細心觀覽不敢遲， 今知皇子話虛構，言矯詞偽飾玉枝。	（賴譯） 無限思念烈如火，難燃皮衣入吾手， 宿願終償袂始乾，今日寢衣得共著。

和歌	豐譯	賴譯
九、（かぐや姫） なごりなく燃ゆと知りせば 皮衣 思ひのほかに置きて見ましを	（豐譯） 假裘經火炙，立刻化灰燼。 似此凡庸物，何勞枉費心！	（賴譯） 皮衣一焚無遺跡，若能預知此真機， 置放煩思之火外，尚可觀賞不生惜。
十、（かぐや姫） 年を經て波立ち寄らぬ 住の江の まつかひなしと聞くはまことか	（豐譯） 經年杳杳無音信，定是貝兒取不成。	（賴譯） 長年累月波浪靜，江口之松待濤傾， 空等無效君不訪，偷腥惹臊此事誠。
十一、（中納言） かひはかくありけるものを わびはてて 死ぬる命をすくひやはせぬ	（豐譯） 取貝不成詩取得，救命只須一見君。	（賴譯） 取貝無效添失望，贈歌慰問汝未忘， 如欲同情衰弱人，請救吾命免身亡。
十二、（帝） 帰るさの行幸もの憂く 思ほえて そむきてとまるかぐや姫ゆゑ	（豐譯） 空歸鑾駕愁無限，只為姬君不肯來。	（賴譯） 出遊歸時心憂悲，不時顧後把頭回， 停停頓頓前進遲，只緣麗人意不隨。

十三、（かぐや姫） 葎はふ下にも年は 経ぬる身の なにかは玉の台をも見む	（豐譯） 蓬門茅舍經年住，金殿玉樓不要居。	（賴譯） 吾家雖在山野路，野草席地長年住， 今已身慣且心適，何曾想見玉台柱。
十四、（かぐや姫） 今はとて天の羽衣 着るをりぞ 君をあはれと思ひいでける	（豐譯） 羽衣著得升天去，回憶君王事可哀。	（賴譯） 事到如今時近逼，正值穿起天羽衣， 君王之事思慕起，深感哀切心難依。
十五、（帝） 逢ふこともなみだに浮かぶ わが身には 死なぬ薬もなににかはせむ	（豐譯） 不能再見輝夜姬，安用不死之靈藥。	（賴譯） 吾身浮沉悲淚中，只緣與汝永難逢， 縱有不老不死藥，於事何益難服用。

竹取物語

赫映耶姬的出生與成長

距今而言，這已是古代的事了①。有位名叫讚岐造②的竹取翁③，他以深入野林荒山採

① 原文「今は昔」。在《落窪物語》、《平中物語》、《今昔物語集》等物語故事中也被使用的開頭慣用語。將「今」視為物語故事敘述者和聽故事者共存的時空，而「今昔」並存則一般解釋成「距今而言，這已是古代的事了」的意思。不過，也有將「今」視為過去某段時間，而物語故事敘述者則置身於那一「某段時間」，取其「那是從前的事了」的說法。通常故事末了會以「以……相傳不息」來結尾。

② 可能是居住在大和國廣瀨郡散吉鄉的讚岐氏一族。散吉與讚岐同音。「造」大概是指受朝廷任命於該鄉的鄉長之意，不過，物語之後的文中又出現「造麻呂」，可見已演變成個人名字了。

③「竹取」的中文意思應該是「採竹」，「竹取の翁」本來應該譯成「採竹翁」比較適當，但是為了與作品書名《竹取物語》搭配，直接將老翁稱為「竹取翁」。

來的竹子，從事各項竹器的編作營生。

一天，發現竹林中有一根竹子底部發光，竹取翁覺得很不可思議，便走向前看，原來是竹筒內有東西在閃耀。細看之下，竟然有個約莫三寸①大的可愛小孩在裡面。竹取翁自語著：

「這小孩出現在我早晚常見的竹子裡面，該是要來做我的小孩吧！」

於是將她捧在手掌上帶回家來，交由妻子撫養。這小孩漂亮可愛的程度實在難以言喻，但是由於太過幼小，就把她養育在竹籠②中。

竹取翁自從發現這小孩之後，每逢去採竹時，總會在竹節相隔的竹筒中，發現源源不斷的黃金，因此竹取翁就漸漸富裕起來。

這小孩在竹取翁的養育之下，成長速度有如雨後春筍，短短三個月③就已發育成適婚

---

① 一寸為三・〇三公分。古來「三」為神聖數字。諸如本物語中屢屢出現三月、三日之類的數字。

② 因為僅只三寸大的嬰兒，故竹取翁便順手將之放入販賣用的竹籠來養育，屬自然之舉。另外這種籠中育子的傳說，普遍認為與古「鶯姫傳說」有異曲同工之趣。

③ 快速成長如雨後春筍般。或許對於異常快速成長，古代人將之視為是一種神異現象吧。

少女，於是，竹取翁夫婦就爲她擇期舉行了成人笄禮①，爲她梳上髮髻，穿上成人裙裳②，無微不至地將她撫養在深閨帳幔中。

少女的容貌清秀美麗可謂世上無雙，家中因其存在而毫無暗處，充滿光亮③。每當竹取翁心情不好或煩惱時，只要見到她，煩惱就會消失，即使正在生氣也會立刻心平氣和。

竹取翁因長期採竹，以致搖身一變成爲實力雄厚④的大富豪，再加上女兒也已完全長

① 笄同簪，子女成年結髻而笄，猶男子成年束髮而冠，故男女成年一事合稱「笄冠」。例如，「女子……十有五年而笄二十而嫁有故二十三年而嫁〈笄者婦人首飾蓋成人之服也夫男子冠則有成人之禮女子笄則許嫁之時〉」（《禮記・內則第十二》），「凡云男二十而冠三十而娶女十五許嫁而笄二十而出並禮之……笄冠有成人之容婚嫁有成人之事」（《通典》卷第九十一，禮五十一，凶十三）等記載。

② 「裳」是成人女子的正式服裝。讓女子著裳的儀式也是成人禮之一。通常與「結髻而笄」之禮儀同時舉行。

③ 以下形容象徵此小孩的神異性。古代容貌美多以「日月光輝」來比喻。允恭天皇的皇妃「衣通姬」就以她身體的光能穿透衣服表現於外而得名。《源氏物語》中的「光源氏」及美豔光輝日之宮的「藤壺」也是例子。

④ 原文「勢ひ猛の者」。「勢」意指勢力、威勢，而「猛者」意指強有力之人，合起來是勢力強大之人。這是持續採得竹中富含黃金的結果，因而變成富豪。

大成人，於是，召請一位名叫御室戶齋部秋田①的長者來爲她命名。由於女孩風姿綽約，輕盈如竹，就給她取名爲赫映耶姬②。爲了慶祝其命名儀式，竹取翁連續舉辦了三天歌舞盛宴③，並廣邀所有適婚男子④共同參與此一豪華盛宴。

世上⑤男子，身分不分貴賤，只要耳聞赫映耶姬的美貌，無不讚歎而爲她意亂情迷。均暗想：「無論遭遇多大波折都要娶到赫映耶姬。」

可是要親眼見到她本人並非如此容易，因爲連竹取翁家裡的人都不易見到，更何況是佇立在院牆外或守候在門口邊的人更是難以如願。害得這些一心一意想目睹赫映耶姬風采的男子們夜夜難眠，甚至半夜都來竹取翁家的牆垣下偷鑿洞穴，企圖從中偷窺⑥其容顏而

① 「御室戶」是地名，同「御諸」，是祭祀神的地方。「齋部」是掌管祭祀的氏族。「秋田」是表示農作豐收的吉祥名稱。
② 取“kagu”的語根有顯赫輝映的含意，在音譯“ya”為「耶」，故全名譯為「赫映耶姬」。
③ 以歌舞音樂享樂。
④ 只要是適婚男子都歡迎。女性的成人儀式，也同時意味著該女子已具有結婚的資格，因此才廣邀眾男子參與宴會。
⑤ 原文「世界」。《華嚴經》四中有此定義：「東西南北上下為界。過去現在未來為世。」意指所有的地方、天下。
⑥ 原文「垣間見」。原意為「從籬笆細縫窺看」，泛指「從物品細縫偷偷窺視」之意。

弄得狼狽不堪。此後，人們稱夜間尋隙窺芳的癡漢舉動爲「夜甸」①。

① 原文「よばひ」（夜這）。原為「求婚」之意，也與「夜間爬行」一語雙關，足見作者用字巧妙、有趣。物語中可見多處此類雙關語的妙用。

王公貴族們的求婚過程

除了鑿洞掘穴外，更有些人到處亂竄，甚至潛入令人意想不到的地方。雖然如此也不生任何效果，即使想請其家人代爲傳話亦無法獲得對方的首肯。雖然總是吃閉門羹，還是有許多王公貴族夜以繼日不肯走離赫映耶姫家半步。然而時日一久，大部分情意不堅的人就說：「徒勞走訪，毫無益處！」

說著說著就不再來了。其中僅剩五位俗稱「風流多情之士」①的王公貴族依然不分晝夜遐思倩女，走訪求婚。這五位王公貴族的官銜及姓名分別是石作皇子、庫持皇子、右大

① 喜好戀愛情趣，並精通斯道的人。並非全然是「好色、風流」的負面意思。

臣阿部御主人、大伴御行大納言、中納言石上麻呂足。他們平常就喜歡到處拈花惹草，只要聽說有稍具姿色的女子就想馬上占爲己有。如今爲想一親芳澤，更是茶飯不沾，日夜相思。雖不時走訪赫映耶姬家，不停徘徊其周圍，仍然不見絲毫進展。就算情書不斷也難獲佳音，寄贈詩歌以吟詠相思之苦，也是白費心思，無濟於事。雖然如此，五位王公貴族不管十一、二月(陰曆)嚴冬時霜降路凍，還是六月酷暑時雷鳴天焰，仍舊排除萬難，走訪不懈。

有一回，五位王公貴族喚出竹取翁，伏身跪拜，合掌乞求：

「請將女兒賜嫁給在下吧！」

竹取翁回答說：

「因爲非我親生，所以婚嫁一事我不能作主。」

在這樣毫無進展的情況下，日月飛逝而過。由於不能如願，五位王公貴族各自返家，但是心情卻仍然鬱悶不堪。爲了慰藉相思之苦，不停地向神佛祈禱，立誓許願，但滿腹思慕之情依然不減。於是王公貴族們仍滿懷期望：

「即使竹取翁說難能作主，該不會一輩子不讓她成親吧！」

因此，爲讓對方了解自己對伊人的愛情專一，仍時時走訪竹取翁家，徘徊在其周圍。

竹取翁察覺五位王公貴族的用情非比尋常，於是就對女兒說：

「我的心肝寶貝，即使妳說妳是幻化之人①，但念我竭心盡力撫養妳成人的情分上，可願聽爺說幾句話？」

聽竹取翁這一懇求，赫映耶姬回答道：

「不論任何事，只要是你所說的，我哪有不從之理？我甚至不知自己是幻化之身，一直視你為親生父親啊！」

竹取翁接著說：「我太高興了，妳的話實在太令我欣慰了。」又說：「爺今年已經七十多歲了，就算過得了今天，能否活到明天，實難預測。世上的人，男的都得和女的結合，女的也都得和男的結婚，如此子孫才能繁衍，宗族香火也才得續傳。再怎麼說，妳不結婚說得過去嗎？」

赫映耶姬回答說：「這是什麼道理！為什麼非得結婚呢？」

竹取翁再說：

---

① 原文「変化の人」。佛教語。神佛以人類的姿態，出現在世上的意思。竹取翁的話語極為鄭重，也是此意識的反映。令人毛骨悚然的妖怪，此語感在當時並沒有。

「即使妳是幻化之人，但終歸是女子之身。只要爺活著，妳還能如此獨自一人生活，但是一旦我死了，妳如何過活？這五位王公貴族經年累月這般誠心走訪，妳也該好好考慮從他們當中挑選一位結婚了。」

聽竹取翁這一解說，赫映耶姬接著回答：

「我之所以拒絕結婚，一來因我的容貌並不美麗，二來對方的心意我並不清楚。如果貿然結婚，婚後一旦對方變心，只有徒增悔恨罷了。所以我認爲不論對方身分如何顯赫高貴，若不事先了解其誠意，婚事我是難以答應的。」

竹取翁說：

「妳的想法和爺的想法一樣。但妳到底想跟懷有什麼樣心志的人結婚呢？我認爲，這五位公子求婚求得都非常積極，他們的誠心實非普通人所能相比。」

赫映耶姬說：

「我要求的僅是一點些微小事。換句話說，我是想試探一下他們的心意到底有多深①。這五位公子眞摯的心意都相差無幾，但誰好誰壞，其優劣程度實在難於分辨，所以

---

① 為了不破壞竹取翁的安心，此為極為輕鬆帶點哄勸的語調。這句話的意思為，赫映耶姬非有意去判

只要五位公子當中誰能找來我想要的東西，我就認爲他比其他人更具有誠心，我才願意嫁他，服侍他。請代我向日夜來訪的五位公子轉達此一心願。」

竹取翁聽了這一番說明後回答說：

「眞是太好了！」

（續）

別他們深藏不露的心地，到底有多少？

五項難題——佛祖的石缽

每當天色昏暗之際，公子們照例聚集在竹取翁家附近，或吹笛，或吟詩，有的隨樂譜唱歌①，有的吹口哨②或擊扇打拍子等等。此時竹取翁聞聲而出，對五位王公貴族說：「長久以來讓你們經年累月走訪不斷，實在愧不敢當。」接著又說：「我本著世上男女常理，已跟赫映耶姬提過：『爺的壽命已是今朝未保，明夕難料，

① 以口哼唱樂譜旋律。無歌詞。《源氏物語》若菜卷中夕霧有曰：「和著拍子哼歌。上皇也不時用扇子打拍子」。《著聞集》卷六也有：「敲著書箱的蓋子打節拍，哼著萬秋樂的序」。一般表記為「唱歌」，《教訓抄》中則表記為「聲歌」。

② 原文「嘯く」。原為束口吐氣之意，現轉變成吹口哨。《毛詩》注曰：「嘯，蹙口而出聲」。

妳應從這幾位殷勤來訪的公子們當中，選擇一位出嫁，服侍對方吧！』於是女兒就說：『由於每一位公子都無分軒輊，實在難於取決。請分別轉告他們我有想要的東西，假若誰能爲我找來，我就認定他的情意最爲眞摯，便嫁他爲妻。』我也贊同此法，就說：『這樣也好，免得遭人懷恨。』」

五位公子也皆表贊同：「這是個好辦法。」

因此竹取翁便進入屋內聽取赫映耶姬的結婚條件及其想要的信物。

赫映耶姬說：「請石作皇子取來佛祖的石缽。」①

接著說：「聽說東方海上有一座蓬萊山②，山中長有銀根金莖結著白玉果實的樹，想

---

① 《河社》一書中有記：「《西域記》中有載，『波剌斯國曰，釋迦佛石缽在此王宮』。此外，《南山住持感應傳》中記錄『世尊初成道時，四天王奉佛石缽。唯世尊得用，余人不能持。如來滅後安鷲山，與白毫光共為利益』四天王各自奉獻出一個石缽，佛把四個重疊在一起按壓成一個。」《續博物誌》中記載：「佛樓沙國有佛缽，可裝三升多。青玉製。或為青石製。也有一說為雜色而黑多。四邊分明，厚約兩分。貧窮人以少量投入其中即滿，富人即使倒入百千斛也不滿。另有一說在月氏國。」另，《水經注》有載：「西域有佛缽，今猶存。其色青藏而光。」

② 《列子・湯問篇》：「渤海之東(中略)有五山焉：一曰岱輿，二曰員嶠，三曰方壺，四曰瀛洲，五曰蓬萊・其山高下周旋三萬里，其頂平處九千里・山之中間相去七萬里，以為鄰居焉・其上台觀皆金玉，其上禽獸皆純縞・珠玕之樹皆叢生，華實皆有滋味；食之皆不老不死・所居之人皆仙聖之

請庫持皇子摘折其中一枝回來給我。」

接著又說：「想請另外一位取來一張唐土(中國)境內的火鼠皮衣①。再來想請大伴御行大納言取來龍頸②上的五色③夜明珠。最後請中納言石上麻呂足取來一枚燕子窩中才有的安產貝。」④

竹取翁一聽便說道：

「每一樣東西都好像非常困難，而且都是日本國內所沒有的。這樣困難的事教我如何向他們啓口呢？」

赫映耶姬回答說：「這有什麼難呢？」

(續)

種；一日一夕飛相往來者，不可數焉。而五山之根無所連箸，常隨潮波上下往還，不得蹔峙焉。仙聖毒之，訴之於帝。帝恐流於西極，失群仙聖之居，乃命禺彊使巨鼇十五舉首而戴之。迭為三番，六萬歲一交焉。」蓬萊。為仙人居住之處，遍地珍寶。

① 《和名抄》記：「《神異記》中說，火鼠的和名為比禰須美，取其毛織為布，如果髒了用火去燒它的話，會更顯清潔亮麗。」古書中常出現的火浣布也是用火鼠毛織的。

② 《莊子．雜篇》：千金之珠必在九重淵驪龍之頷下。

③ 青黃赤白黑五種顏色的光芒。

④ 貝的一種，長約三、四吋。形似女陰，若讓產婦兩手握住此貝的話可順利安產。推測是由於在中、日神話中燕子擁有不可思議的生產能力的關係。

竹取翁：「不管如何，還是先和他們說說看。」

說著說著就走到公子們的所在，向他們一一轉告赫映耶姬所要求的信物：

「赫映耶姬就是這麼說的，希望你們能達成她所提的條件，取回她所期望的東西！」

幾位皇子公卿們聽到後，就回答道：「連作夢都沒想到世上竟會有這些東西，爲什麼不乾脆明白告訴我們，從此都別再來你家附近走動呢？」

大家只有拖著無精打采的腳步各自回家去了。

雖然石作皇子對於赫映耶姬所提的難題感到沮喪，但一回到家，仍然懷著若不與對方結婚就有活不下去的感覺。因此，還是殫精竭慮地思考：「不取回天竺①的東西行嗎？」

石作皇子本是胸懷心機的人，爲此內心暗想：「即使跋山涉水遠赴萬里外的天竺去尋找，難道就能找回那獨一無二又稀奇珍貴的石鉢嗎？再怎麼說都是不可能的。」

皇子心裡一面這樣想，一面就請人到赫映耶姬家去通報：「準備今天出發前往天竺取回石鉢。」

---

① 魏晉時代印度的古稱，唐代後才漸變稱為印度。當時與日本、中國並稱三國，有全世界之意。

經過三年，終於取來了。在大和國十市郡①的某山寺裡，賓頭盧尊②像前放有一尊石鉢香爐。因長年受香火燻焚已漆黑不堪，於是皇子把它放進錦袋，還裝飾上人造花枝③，帶到赫映耶姬家。赫映耶姬納悶地看著，發現石鉢裡面放著一封信，打開一看，原來是一首和歌：

跋涉山海萬里行　竭盡心力訪峰頂
血淚交橫得尊缽　願汝能察吾眞情

赫映耶姬仔細端詳石鉢是否會發光，結果沒有發現半點螢光。於是吟了一首和歌答覆：

① 今奈良縣磯城郡的一部分，具體說就是現在的奈良縣櫻井市。
② 梵語為Pin-dola。賓頭盧為名，姓為頗羅墮。十六羅漢的第一尊者。秦至唐代常在寺院的食堂中央以食物供奉其像。石缽就是作為此用。
③ 以五色紙或錦綢等做成的假花。當時的風俗中若有意要贈送物品或和歌給高貴人士時，便會附上當季花卉或木枝。若找不到合用的便以假花代替。

佛祖石鉢本有芒　奈何此鉢無露光
出自幽暗小倉山　何苦尋之來充當

並且一併將石鉢退還石作皇子。皇子接過石鉢後馬上丟棄在門口，並爲了答覆赫映耶姬的和歌，又吟了一首，請人轉送。

君如白山①光輝耀　鉢失光彩事能料
棄鉢捨恥②不復拾　厚顏期待汝光照

由於赫映耶姬根本不想再回皇子的和歌，更遑論再聽到他的事情。皇子只好一邊自哀自嘆低語著，一邊戀戀不捨地回家去了。以上這種捨棄石鉢又厚顏求情的舉動，世人稱之爲「棄鉢捨恥」。

① 相對於小倉山，此白山象徵赫映耶姬的光芒。白山位於加賀國。
② 取「鉢」與「恥」音近雙關。意為把羞恥之心丟棄。受到恥辱卻不感到羞恥，此指石作皇子被赫映耶姬拒絕仍不死心一事。

蓬萊山的玉枝

庫持皇子擅長計謀策略，他向朝廷請假報備說：「將前往筑紫國①溫泉療養。」②並派人到赫映耶姬家轉告：「將去蓬萊山摘取玉枝。」

庫持皇子要遠離京城時，所有左右服侍他的人③都趕來難波港④送行。皇子對送行的

① 舊行政區域筑前、筑後兩地的總稱。泛指日本現今整個九州地區。

② 筑紫的太宰府（福岡筑紫郡太宰府町）的武藏溫泉，從萬葉時代就有。《萬葉集》卷六中有收錄：「大伴卿宿於次田溫泉時，聽見鶴的喧鬧生於是作歌：在溫泉地喧鬧的鶴鳥，就像我戀著你的時候。」《和名抄》記：「筑前之國，御笠之郡的次田，以及肥後國山鹿郡，有溫泉郡。」《三代實錄》第四卷中記：「看見肥前之國請溫泉神」，古今集，離別中有關於前往筑紫溫泉之詞書。可見得為當時名聲很高之溫泉。

人說：「由於此次出遊純為私事，請別張揚。」

於是他並沒有帶太多隨從，僅領著平日貼身的部下搭船出發。送行的人們也於送行後各自回家去了。皇子故意讓別人以為自己已經出航。之後，經過三天左右又將船駛回難波港。

其實出發前，有關鑄造玉枝的全盤計畫，均已安排就緒，早已召請當時在鑄造精細手工藝品上最負盛名的六位工匠，還建造了一所他人難於接近的工作坊，此外為防止火光外洩而為人知曉，更在鍛冶爐周圍砌築上三層掩蔽物①。不但工匠們進到工作坊裡工作，就連皇子本人也關在裡面寸步不離。皇子為達成心願，不惜將自己統轄的十六處莊園內所有庫倉的財力，投入製造玉枝。終於好不容易鑄造出一枝宛如赫映耶姬所敘述的玉枝。

於是在巧妙安排下偷偷將玉枝帶進難波港來。皇子一進港便派人至宅邸通知家人：「已乘船歸國。」

（續）

③ 因應皇子的身分地位，有遠行他鄉時，除了必備的裝備陣容外，期待皇子提拔的多數相關人員也會隨從前往，當時會有這種情形也是理所當然的事。

④ 現在的日本大阪及其附近地區的古稱。庫持皇子從此地搭船出發。

① 在房舍裡面鍛冶金銀手工藝品專用的火爐，為了避免被人發現，又不使爐子的火光外洩，才需要砌築三層的外圍掩蔽措施。

同時還裝出一副飽受風霜，相當疲累的樣子。一聽說皇子回來，家人群來迎接。皇子把玉枝裝入長匣內①並加以覆蓋，小心翼翼地帶回京城去。

不知何時傳開，坊間人們已在紛紛議論著：「庫持皇子已帶著優曇樹的花②回京來了。」

在眾人傳聞中，赫映耶姬也耳聞此事。

「照此看來，我豈不是要栽在皇子的手上了嗎？」③

正當赫映耶姬憂懼萬分之際，有人敲門傳達說：「庫持皇子造臨。」並有家人傳報：「皇子未更換遠航旅裝便匆匆駕臨。」

於是竹取翁趕緊出門迎接。

① 長條形有蓋子的大型箱子。

② 出現於佛典的想像中的植物。據說是一種三千年才開花一次的靈花，藉此比喻相當難得。普遍據傳此花產於天竺，不過在《宇津保物語》一書中，可見到惡魔國的優曇華與蓬萊的不老不死藥並列。文中此處應是蓬萊的樹枝，卻因傳言而以優曇華之名出現。這或許是因為《今昔物語集》中的竹取翁故事的難題之一是優曇華的緣故，才會在物語中被傳言為優曇華，這是頗值得注目的地方。華同花。

③ 從赫映耶姬這段自白中得知，她完全無法看破庫持皇子的奸計，人物描寫如同常人，隨著故事情節，情緒有喜有憂。

皇子說：「我不惜生命甘冒危險，終將玉枝取來。」

並說：「煩請拿給赫映耶姬細瞧。」

於是竹取翁就把玉枝帶進赫映耶姬房間。玉枝上繫有一短文①：

一心一意爲折樹　縱使身逝或命無

若不摘得玉枝回　豈有厚顏歸此處

對於這首和歌，赫映耶姬全然無動於衷，但是竹取翁卻急切地對她說：「如今皇子帶來了妳提出的蓬萊玉枝，而且連半點瑕疵都沒有。這下子妳不能再找其他藉口推託了。何況皇子仍是一副旅人打扮，連家都沒回，就直接從港口趕來。盡快和他完婚，做他的妻子好好侍奉他吧！」

對於竹取翁的話，赫映耶姬並沒有任何反應，只是默默地托著腮，面帶悲嘆沉思著。

---

① 雖然當時的風俗習慣，是將風雅的書信繫在季節相應的草木枝幹上呈遞對方，但是此處是以玉枝為主，依然繫上一短文，藉此想強調深摯的心意。

庫持皇子說：「事到如今，不該再有任何推諉之詞吧！」邊說邊來到赫映耶姬房外的迴廊①。竹取翁也認爲皇子所言所行合情合理。於是對赫映耶姬說：

「這是日本國內見不到的玉枝。這次看妳還能如何拒絕對方？何況庫持皇子長得又是相貌堂堂，一表人才。」②

赫映耶姬就說：

「我一味否決父母所提之事，實覺過意不去。如今，我已無話可說。只恨自己所提的結婚條件……」

赫映耶姬特意提出的難取之物，皇子竟然能出乎意料地尋獲而來。對此，赫映耶姬內心感到十分怨恨。另一方面，竹取翁認爲事已成熟，就開始佈置新房③。

① 日本建築之長廊。《和名抄》屋宅具：「簀（板敷、簀子、須乃古）……」《下學集》家屋門：「緣、板敷也。」

② 竹取翁認為此玉枝為真品，故勸說赫映耶姬接受皇子求婚。

③ 當時所謂的「結婚」，是男生往女生住處持續夜訪三夜，在第三天晚上開始舉辦稱為「露顯」之宴會，公開宣布喜事。在此竹取翁是為初夜做準備。

竹取翁向皇子詢問道：「這棵樹是長在什麼樣的地方，實在是太不可思議了，世上竟然會有如此華麗漂亮的東西。」

皇子回答說：

「前年二月十日左右，從難波港乘船出海之後，由於不知何去何從而感到不安，但是一想到願望若不能付諸實現，活在這世上又有何用？因此只有漫無目標似地隨風飄航。若命數該絕也就無話可說，但只要倖存於世，或許會在某天飄到蓬萊山也說不定。就這樣不停地在海中飄搖浮盪，不知不覺遠離了日本海域來到了外海。在外海大洋中航行時，有時①浪濤洶湧連船都快要沉入海底。有時任強風吹颳到不知名的國度。那裡有長得像魔鬼般的怪物要來殺我們。有時會分辨不清來去的航向，而迷失在大海中。更有時在倉空糧絕下以草根②充飢。又有一次海上出現了一頭恐怖異常的怪獸要來吞噬我們。甚至有時候在海中斷糧時，撈取海裡的貝類來果腹續命。

「在不可能有人出現救助的航程中，又滋生各種疾病，平添了日後旅途中的隱憂。在

① 《文選・海賦》：「於是舟人漁子、徂南極東，或屑沒於黿鼉之穴，或挂胥於岑蔜之峰，或掣々洩々於裸人之國，或汎々悠々於黑齒之邦，或乃萍流而浮転、因歸風以自反。」

② 在海上飄流，卻食草根是為奇怪說法，所以此處表示交叉敘述海、陸上之苦難。

這樣無助的情況下，只有隨船飄流航行了。大約，飄流到第五百天的辰時(早上八時左右)前後，隱約可以瞧見大海中有座山，船上每人都爭先恐後地想一睹其眞面目。待接近一看，那座浮現在海中的山實在相當龐大，山形高聳壯麗。心想這就是我所要尋找的山吧！想到這兒，心中又高興又懼怕，只好先讓船在山的周圍巡繞察探，觀察了兩三天。其間，有一位打扮得似同天人的女子，手裡捧著盛有水的白銀金碗①，從山裡走了出來。我馬上下船前問：『這座山叫什麼?』女子答說：『這座山叫蓬萊山。』我一聽到山名就感到無限的喜悅。女子反問我：『閣下是何人?』我據實回答，女子介紹自己叫寶冠琉璃②，接著馬上進到山裡去了。

「光看山的外形，就知道殆無攀登上去的可能，只好沿著峭壁巡視。竟然發現山裡有世上難見的花樹並排林立叢生，又有金色、銀色、琉璃色的水③從山中流出，流水上架有

---

① 《日本記》：「彥火火出、見尊至海島、就其樹下、徒倚彷徨良久、有一美人排闥而來、遂以玉鋺來汲水」；《和名抄》瓦器類：「盌，字亦作椀」；《金器類》：「……宜用金椀二字」；《落窪物語》卷三：「白銀の金盌一具。」

② 一般認為問對方的姓名之後，須再報上自己的名字是為禮貌。因此，此女若只問皇子的名字，是相當失禮的，故一定也要自報姓名，所以寶冠琉璃或寶嵌琉璃為仙女之名。

③ 《博物志》：「崑崙山流出五種顏色的水」；傳說餓鬼見水為火，天人見水為琉璃。

鑲滿各色各樣寶石珠玉的橋，橋附近有幾株輝煌燦爛的樹矗立著。我所攜回的這枝花看來並不怎麼漂亮，就是從那些樹上摘折的。因爲不是其中最美麗的，故不知是否能符合赫映耶姬所提的結婚條件？

「那座山雖是壯麗華美，舉世無雙，但因已完成任務，所以無心逗留賞景，一心只想早日返航。於是馬上上船，由於一路順風，回航僅花四百餘天①就平安歸來。眞可說是在阿彌陀如來大慈大悲的神力相助下，才會如此順利回航！我一回到難波港，立刻起程返京，終於在昨天趕回京城。非但如此，連這身被海水濺濕的衣物都不及更換，就一口氣趕來這裡。」

竹取翁聽完庫持皇子的歷險過程之後，深受感動，於是感嘆萬千地吟詠道：

節節吳竹野山中　長年採取醜老翁
辛勞艱苦遍嘗過　卻無皇子勞苦重

① 與出發的五百天相加剛好三年。

皇子聽了和歌後說：「長久以來，憂煩纏身，直到今天總算可以安下心來了。」隨即回了竹取翁一首和歌：

潮水共淚濕衣袖　長旅幸得玉枝就
今日袖乾心生喜　千種憂苦忘追究

就在竹取翁和皇子交談時，有男子六人相攜來到庭院，其中一位持著夾有書信的竹枝①向屋內申訴著：

「鑄造所②工匠，漢部內麻呂③有事申訴。有關鑄造玉樹一事，乃是我等斷食五穀④，

①　將細竹的前端剖開，把文書夾於其中，遞給貴人時，避免用手傳遞以示禮貌，所使用的是一種約一公尺半長之竹杖。於正式提出如訴狀、謝罪狀等文書時的做法。在此呈現出誇張的滑稽感。

②　《延喜式》、《類聚三代格》：「內匠寮」中有畫師、手工藝工、金銀工、玉石帶工、鑄工、木工、屏風工等一百三十餘人。

③　似入籍日本之中國人姓名。

④　五穀指米、麥、小米、玉米、豆。此處指製造玉枝時，為了向神佛祈願，故不食五穀；或是忘食的誇張表現。

費盡心力，耗時千餘日所鍛鑄的，非比尋常。然而事到如今卻未領得任何報酬①，希望能賜予我們應得的恩賞，以便和家中妻小分享。」

說完便將挾有書信的竹枝舉呈上去。竹取翁斜著頭甚覺疑惑，就問皇子：「這些工匠到底申訴什麼事呢？」

皇子見狀早已嚇得驚惶失措。

聽聞此事的赫映耶姬說：「幫我取來那些男子舉呈的書信。」拿來一看，信中陳述如下：「皇子殿下千日之間與我等賤匠共同隱居一所，命令我等鑄造寶貴玉枝，並曾應允酬報以官職與俸祿。然而，有關酬報至今仍一無動靜，於是經過深思熟慮後，膽敢前來晉見皇子之寵女赫映耶姬。企望能得到她的恩賜。」不但信上這樣寫著，而且口頭還說：「在此應可獲得賞賜才對。」

本來隨著日落而苦惱的赫映耶姬，讀了工匠的申訴信後，心情頓覺豁然開朗，一反常態，吩咐竹取翁：

「本以爲這玉枝眞是摘自那蓬萊之樹，沒想到皇子所敘述的冒險歷奇竟然是令人作嘔

---

① 報酬。通常是絹、布、衣服等之類的東西。

的虛構謊言。速將這贗品還給他！」

竹取翁會心地點頭說：「我已聽清楚那是他雇用工匠鑄造的贗品，退還給他乃是舉手之勞。」

赫映耶姬的心情豁然開朗之後，就針對方才皇子所吟和歌答詠道：

聞言似眞又近實　細心觀覽不敢遲
今知皇子話虛構　言矯詞僞飾玉枝

吟好的和歌連同玉枝一起退還給皇子。

另外，方才還和皇子意氣投合，相談甚歡的竹取翁，這一來自覺老面無光，就以裝睡來敷衍。而皇子處於此坐立難安的窘境下，實不知如何是好。直到日暮西垂後，方才趁天色昏暗躡手躡腳溜了出去。

庫持皇子走後，赫映耶姬就將前來申訴的工匠們請至庭院讓座，還說：「很高興你們前來申訴，謝謝你們。」

之後，赫映耶姬就賞給他們許許多多的報酬。工匠們也愉快地說：「不出所料，果然找對人了。」

可是等他們離開竹取翁家走到半途時，庫持皇子卻唆令手下把對方打得頭破血流，甚至連那好不容易才獲得的報酬及獎賞也都被奪取，並叫人扔了，眞是得不償失。慘遭修理的工匠們只好抱頭鼠竄各自逃命去了。

詭計被識破的庫持皇子感慨萬千：「一生中最大的恥辱莫過於此。不但得不到美女的垂青而至感羞恥外，眾人加諸於我的種種批評，更是令我無顏面對世人。」

由於羞於面對現實，皇子只好獨自一人默默地隱藏到深山去了。雖然皇子府邸的家僕以及貼身侍衛們分頭四處找尋，仍然不見皇子的蹤影。最後實在找不著，大家又一致認爲「皇子該不會是已經亡故了吧？」只好就此作罷。其實，庫持皇子只是打算將自己的身影隱藏幾年不讓身旁的人知道，所以家人才尋不到他的蹤影。

由於有了這則玉枝的故事，於是才流傳有「玉碎魂離」①此一諺語。

---

① 日文的「魂」與「珠」同音，皆為「たま」，以魂暗指「玉枝」的「珠」，譏笑庫持皇子因製造假玉枝被人識破，而無顏見人，終致離開人群、隱藏深山。

火鼠皮衣

右大臣阿部御主人家財萬貫，門第顯赫。當赫映耶姬提出火鼠皮衣爲結婚條件時，那一年正好有唐土的貿易船①來到日本，於是右大臣阿部就給唐土的王慶寫了一封親筆函：

「聽說貴地有一種名叫做火鼠皮衣的寶物，煩請幫我買了送來。」

爲了愼重其事，右大臣就從左右聽差的家臣中挑選出一位最可信賴的。將信件託交名叫小野房守②的家臣，指派他去唐土和王慶交涉。當小野房守到達目的地之後，就將信函

① 來自中國的貿易船。當時貿易由政府直接管理，嚴禁私人通商；而為求珍奇財物的龐大利益，仍有很多走私貿易。博多港為其中心。

② 這裡指的是選出上面所說的「可信任之人」。而這裡使用小野氏，是因為小野妹子為最早的遣隋

連同黃金一起交給王慶。王慶拜讀華翰之後，隨即修書回覆：

「敝國境內並無火鼠皮衣。有關此物，聽是聽說過，只是未曾親眼見過。如果世上真有此物，大概也會有人帶到大唐國來的。然而由於未曾見過，交易買賣想必相當困難。可是，話又說回來，如有人攜帶此物到天竺國的話，我也會向天竺國的富商大賈們①探尋訪求。如果這樣還是找不到的話，我會託付閣下派遣的來使將金子原封送返。」

事隔不少時日，唐土貿易船又來到了日本，家臣們聽說小野房守也同船回國，就要趕回京城。於是馬上派出快馬，飛馳到港口去迎接。當快馬一到，房守即刻乘馬，一路打從筑紫趕著上京，前後只費時七天②。阿部御主人拆開房守帶來王慶的信函，內容如下：

「火鼠皮衣是請人四方探求，好不容易才弄到手的，現在將此呈給閣下。關於皮衣，不但是當今世人，就連古人也都是難以求得的稀世珍寶。經我四處派人打聽才得知下落。

（續）使。在這物語成立前不久，因為發生了小野篁拒絕渡唐的事件，所以才會認為以小野氏和唐人交涉是適合的。

① 原文「長者」。佛教語。為釋迦時代商人團體的領導者。為有德且富裕之名人，而因為是天竺所以就直接使用佛教語的說法。

② 根據《延喜式》記載當時京都到大宰府是十四天的路程；而這裡描述是以一半的天數趕到，可以了解其強行趕路的情況。

據說古時天竺國有位聖僧將皮衣①帶進唐土國，並把它存放於西方的山寺②中。於是我向朝廷申請購買，經排除萬難才爲閣下購得此物。但由於管轄該地的地方官對我的使者說：『開出的金價太少。』爲此我王慶先爲閣下墊足金子買下。換句話說，閣下必須再付我五十兩黃金③。煩請於返航時，將五十兩黃金託他們帶回。如我拿不到那筆金子，務請閣下送還手中的皮衣。」

看完王慶的信，阿部御主人說：「王慶在開什麼玩笑！據信上所說，只要再追加若干金子就可。眞了不得，想不到王慶竟然能幫我找來夢寐所求之物。實在太令人興奮了！」說完就向唐土方向頂禮膜拜。

右大臣一看裝火鼠皮衣的箱子，就知是由色彩繽紛，富麗堂皇的琉璃④鑲嵌而成的。

---

① 印度高僧為了到古代中國弘法、佈道時所攜帶的皮衣之意。

② 從印度經過絲路到中國，好不容易走到西邊的邊境，然而高僧此時卻氣力已盡，皮衣也留在那裡不被人所知。從這裡可以看出，王慶隱約發現了古時候的傳聞，而所花費的苦心、勞力及金錢，希望對方能為他設想。

③ 一兩為十六分之一重，但換算成現代的單位，大約是多少則未必清楚。

④ 七寶之一。為深藍色的珍貴之石。但在古代卻被視為和玻璃一樣的東西。除了藍色之外，還有紅色、黃色、綠色等的玻璃珠，作為象眼的裝飾。

箱子內的皮衣呈現深藍色①，而毛的末端也閃放著美麗的金色光芒。稱之爲寶物實當之無愧。世上再無任何東西可與其華麗相比了。與其說它耐得住火燒，不如說它光耀豔麗舉世無雙更爲恰當。右大臣說：「難怪赫映耶姬會那麼想要這件皮衣。」

「眞是一件珍貴美麗的寶物啊！」

於是右大臣將皮衣放進箱內，並在箱子上裝飾一些花枝，又仔仔細細地把自己從頭到腳裝飾了一番。

「照這樣看來，相信就可被視爲女婿，留在赫映耶姬家過夜了！」右大臣內心一邊如此遐想，一邊吟寫了和歌一首附於箱上，隨即攜箱前往。

和歌如下：

無限思念烈如火　難燃皮衣入吾手
宿願終償袂始乾　今日寢衣得共著②

---

① 最深色的天空藍。《色葉字類抄》中記載：「和俗稱的紺青色一樣。」

② 對你無限愛戀之火雖然將我的身體燒得遍體鱗傷，但終於還是把不會被火焚毀的火鼠皮衣得到手了。而每天擦拭悲嘆眼淚的袖子，如今也已乾了。心情愉悅想和妳一起穿著這皮衣。夫婦共寢時，

右大臣攜火鼠皮衣來到赫映耶姬家門前等候，竹取翁於是出來收下皮衣，再給赫映耶姬細瞧。赫映耶姬看了之後說：「看來像是一件窮極華麗的皮衣，可是這眞就是火鼠皮衣嗎？實在難以確證。」

竹取翁回說：

「不管是眞是假，總之先請右大臣進來坐坐再說！光從這件世上難能一見的皮衣的外形來看，妳就把它當作是眞的吧！求求妳，切勿再讓人太難堪了。」

竹取翁就請右大臣進屋入坐。

一旁的老嫗心想：

「老翁這般殷勤招呼右大臣，還請他坐上座，照這看來，赫映耶姬的婚事想必已定。」

老嫗爲何會如此想呢？由於竹取翁對赫映耶姬獨身不婚一直感慨不已，因此總想盡辦法規勸：

「該找個身分地位高貴的公子結婚了吧！」

（續）袖子會交疊在一起。互相將彼此衣服交疊當作被子之意。

不過，無論費盡多少口舌，赫映耶姬的回答總是：「不要！」因爲赫映耶姬再三拒絕，所以竹取翁夫婦也就無法過於勉強。由此可知，竹取翁夫婦的用心良苦。

赫映耶姬對竹取翁說：

「如果這件皮衣用火燒而燒不著的話，我就確定它是眞的。果眞如此，我就會從其所求。雖然你方才說過：『這件皮衣舉世無雙，不用置疑，就相信它是眞的！』不過，爲求愼重起見，還是用火燒來看看，一試眞僞吧！」

竹取翁說：「妳這麼說也是合情合理。」

接著就對右大臣轉述赫映耶姬所言。

右大臣回答說：

「這件火鼠皮衣連唐土都沒有，我千辛萬苦才訪求到手，還有什麼可疑呢？」

「唐土商人雖然如此說，還是照赫映耶姬的吩咐，趕快將它燒來看看吧！」

連竹取翁都如此說了，右大臣只好乾脆叫人火燒皮衣。這一燒，沒想到火鼠皮衣竟然在熊熊大火中化成灰燼了。

赫映耶姬因此就說：

「不出我所料，果眞是件假皮衣。」

右大臣見狀，臉色灰綠得如同草葉①。對照之下，赫映耶姬卻喜氣洋洋地說：「啊！太令人高興了。」

隨後，赫映耶姬爲了回覆右大臣吟寫的和歌，也寫了一首，放進皮衣箱內，一併送還給對方。

皮衣一焚無遺跡　若能預知此眞機

置放煩思之火外　尚可觀賞不生惜②

於是，右大臣便垂頭喪氣地回去了。

事後，人們就半開玩笑地問竹取翁的家人：

---

① 臉上血色盡失綠了臉的意思。而這用法似乎為當時的慣用語法，在《宇津保物語》國讓下亦有相同的用法。

② 若事先知道會像這樣燒得不留痕跡，那麼就不會如此心煩意亂了；而且也不會將它拿去燒，反而會好好地欣賞其華美，更加愛惜這難得之物的。

「聽說右大臣阿部帶著火鼠的皮衣前來，作爲和赫映耶姬結婚用的信物。如今不知右大臣是否還在這裡？」

被詢問的家人馬上回說：

「因爲皮衣一用火燒，就在熊熊大火中化成灰燼了，所以赫映耶姬仍然還沒成親。」

世人聽說右大臣阿部下場如此，就形容求婚不成而垂頭喪氣之事爲「無緣」①。

---

① 為之前沒有取回皮衣的事感到失望、洩氣之意。此為原文「阿部無し」的雙關俏皮話。徹底失敗的右大臣阿部從赫映耶姬家回家之後，從此銷聲匿跡之意。

龍頸夜明珠

大伴御行大納言召集了家中上下大小眾僕人，對他們說：

「據說在龍的頸部有顆散發著五色金光的夜明珠。如果誰能取來獻給我，我將允諾他提出的任何要求。」

家僕們聽了之後紛紛回說：

「大人所言著實令小人們惶恐。再者，五色夜明珠並非如此容易到手，更何況還長在龍頸上，叫小人們如何敢去取呢？」

於是大納言就說：

「一旦身爲服侍主上的家僕，即使是捨身賣命，也得照主上吩咐赴湯蹈火才是。況且，龍①不僅天竺國或大唐國有，即使在日本國內也有龍騰山潛水，飛升俯降的傳說。至於你們如何想我不清楚，但也不會像你們所說的那般困難吧！」

家僕們接著又說：

「大人都這麼說了，小人們也無可奈何。誠如大人所說，事情再怎麼困難也得遵從主上吩咐去做。既然如此，我們只好去尋找龍頸夜明珠了！」

大納言聽完家僕們這一番說詞後，便目光如炬，正言厲色地說：

「你們這些奴才也不想想看，世人都知道你們是我大納言家中的僕人，對於主上的命令豈容有違背的情形？諒你們也不敢！」

說完便派遣家僕去取龍頸夜明珠，並且命令即刻出發。出發前，大納言將府內所有的絹、綿、貨幣②等全搬取出來，交給家僕作爲旅途上米糧③及花費所用。

---

① 對此眾說紛紜。但大多認為龍是從山或海中升天。但另外也有認為是從天降臨至山或海中的說法；而亦有如後所述把龍和雷神視為相同之物。

② 絹、綿、錢為用來作為交換食材，或旅途中所需要的其他費用之物。若都用錢支付，雖說非常簡便，但當時即便是京城，錢的流通都不是很方便；在地方上一般仍是以物易物的方式。當中以絹、綿最受歡迎。

③ 旅途中的糧食。「糧」原指攜帶用的乾糧，而這裡意指一般糧食。

大納言又再三叮嚀：

「我將在家等候，並爲各位齋戒祈禱①，直到你們平安歸來。不過任何人未取得夜明珠前，不准返回家來！」

家僕們稟承了命令之後就出發前往。但由於難以理解主上爲何如此荒唐無理要探取龍珠，於是私下大家都牢騷滿腹：

「大人說過『若取不到龍頸夜明珠，全都不得回府！』在這樣漫無目的的情況下，只有信步而行吧！」

也有人說：「眞是的，這種見色喪志之事虧他也做得出來！」

「即使主上如同我們的親生父母，也不該說出那種不得體、沒道理的話，實在是……」

家僕們由於內心不服，於是就私下將大納言所賜的物品平分掉了，有的拿了就躲藏在自己家中，也有的拿了就帶著前往自己想去的地方，誰也沒去取龍珠。

① 在古代，若有人要出遠門，而且是危險的旅程，那麼留在家中的人便會代替外出的人進行齋戒，為替旅人祈求旅途平安的一種風俗習慣。

另一方面，在家等候的大納言自言自語：「要是能娶赫映耶姬爲妻，安頓在家的話，一般房屋是不相稱的。」

於是建造了一座既富麗又堂皇的房屋。牆壁還塗上漆，漆上又加繪金泥、銀粉的圖案①，又在屋頂上鋪掛了染有五顏六色的絲線②。至於房內的裝飾，都用華麗到難於言喻的綾羅織錦③張掛在柱間，並且還在每張絲絹綢緞上繪上美麗的圖畫。除此，大納言一直認爲赫映耶姬必能和自己結婚，所以不惜休棄原有的妻妾，獨自一人一面生活著，一面等待家僕們取回夜明珠。

可是，在日夜期待中，年也過了，派遣去的家僕卻毫無音信，實令大納言放心不下。於是便極其隱密地帶著兩名護衛權當侍從④，並且換上毫不醒目的服裝來到難波港附近。到了港口之後隨即令侍從向別人打聽：

① 日本獨特的漆工手法。九世紀時發達，延喜時代前後留下美麗的作品。
② 從高貴女性所用，以絲線布置的華麗車子開始流行；然後，以此聯想產生出的東西；並無實用價值。
③ 以單色卻織出各種花紋的絹織物。
④ 原文「舍人」。是指持有特旨，由朝廷送給顯貴之人的近侍之臣。而在此並非為平安朝制式中的官職，而此記述則令大伴一族率領親信，轉變歷史的壬申之亂的記憶浮現出來。

「有關大納言府中的家僕坐船出海，殺龍取夜明珠一事，不知是否聽說過？」船夫笑著回說：「你別開玩笑了，哪會有這等怪事呢？」又答說：「沒有船會出海去做那種事的。」

聽到船夫這樣回答，大納言心中便想：「世上竟有如此膽小愚蠢的船夫！什麼都不懂，也膽敢說出那種話來。」

接著開口又說：「憑我弓箭的威力，縱使有龍出現，也可一下子射殺牠取到頸上夜明珠的。不用再等遲遲不歸的奴才們了。」

大納言便乘船在海上四處航行，不料在不知不覺間竟然遠離了難波港，最後進入筑紫方面的海域。

不知經過多少時日，海上突然間颳起莫名暴風，四面八方①烏雲密布而昏暗起來。船隻也被暴風吹得東飄西盪，連東西南北都分不清。整艘船好像隨時都會被捲入海中似地直在風中旋轉。浪濤也不停地襲擊船身，彷彿旋風在吞吐著船，再加雷光閃閃，隨時都要劈落下來似的。

① 原文「世界」。原為佛教用語。為包含時間、空間的全體環境之意。為一種規模非常大的語感。

處此狀況，大納言也驚慌失色，不知如何是好：

「從來沒有經歷過這樣的痛苦，到底會落到什麼樣的下場呢？」

掌舵的船夫回說：

「多年航行海上，還不曾有過像今天這麼痛苦的經驗。照這樣下去，就算船隻不被吞進海底，人也會被雷電劈死。處在這種惡況下，即使有幸能獲神明相助免於葬身海底，也難逃被吹颳到南方海域①的劫難。萬沒想②到自己會死得了無意義③，這都是因爲我在庸懦無能的主子下做事的緣故吧！」

掌舵的船夫說完便放聲大哭。吐得東倒西歪的大納言，立刻對船夫說：

「我乘你的船，對於你說的話，就如同高山一般堅信不疑。而你現在卻說出如此洩氣的話來，叫我還能依靠誰啊！」

---

① 原文「南海」。在平安初期，遣唐使的船遇逆風而發生船難的事件相繼發生。在國史中可見：飄流在南海失去方向，又遇海賊襲擊；飄流上岸又被島上的蠻族殺傷……等的記事。因此，對當時的人而言，南海是一恐怖到令人無法想像之地

② 有感到事態嚴重，覺得困擾的心情。同時，也有再次強調自己無計可施而放棄的心情。

③ 自己沒有就此必須喪命的道理；明明沒有必要陪著大納言送命，卻莫名其妙地在這裡等死。

船夫回說：

「我又不是神明，哪裡能爲大人做什麼？如今會遇上颱強風，起大浪，甚至頭頂上有雷電劈落等災難，都是大人一意要尋龍屠殺而引起的。因爲這場暴風是由那條龍呼喚起來的。大人還不趕緊祈求神明相助！」

大納言馬上說：「好的，我這就祈求。」

於是便向天大聲誦念誓願①：

「司掌海洋，護佑船夫的眾海神們，請俯聽我立誓發願。由於我心智幼稚愚昧，不辨善惡，才會妄想出海屠龍。今後，再也不敢妄想觸動龍半根汗毛了。」

經過幾多回不斷對神明呼喚哭啼，站著祈禱，坐著發願②，說也奇怪雷鳴漸次遠去。可是閃電仍有部分還在放光，風也依然吹得很強。

船夫見狀就說：

「這眞是龍的神威啊！這強風正往好方向吹③，而不是往壞方向吹，正吹送我們朝有

① 這裡為發誓之詞的意思。原本則為祝賀之詞。
② 時而立拜，時而坐拜；為向神祈求時的做法。
③ 風向最好的風。此指從北風轉變為南風。當時有經驗的根據，因為經過颱風眼附近，所以天象驟

利的方向航行。」

船夫雖然這麼說，但是大納言卻半句也未聽進。

在順風的吹送下，不到三、四天的工夫，船隻已被吹回陸地，靠著海岸。仔細一看，原來是播磨明石①附近的海灘。不知情的大納言卻長吁短嘆，頭也不抬地躺臥著②，心想：「是不是已被強風颳到南方海域的海灘上了？」

靠岸後，同船前去的侍從便向當地衙門通報，請求救援。可是就算地方官趕來探望，大納言也起不了身，依然躺臥於船艙底下。於是就在海灘的松樹林下鋪設草蓆，將大納言從船艙中抬出，暫先安頓其上，此時，大納言方才幡然大白，心想：

「幸好這裡不是南方海域。」

躺了一陣子，大納言好不容易才爬起身來。不過觀其外形，好像整個人患了相當嚴重的風熱病③似地，腹脹如鼓④，左右雙眼也腫脹得如同長了兩顆杏子⑤那般大。播磨的地方

（續）變，風向變為逆風，同時風速也會減弱。

① 今兵庫縣明石市海岸。

② 確定絕望後，擔心得抬不起頭。

③ 風熱病為古代中國醫學思想的一種病症。是一種慢性且不舒服的症狀，會遍及全身的病。

官看到這樣滑稽的光景，也情不自禁地笑了起來。

目睹大納言病重如此，地方官就吩咐衙門工人打製了一頂手抬轎輿①。大納言就在一路呻吟②下給抬回了京城家中。可是說也奇怪，那些被派遣去取夜明珠的家僕們不知由何處也聽說了此事，大家紛紛趕來，向大納言報告：

「因爲無法取得龍頸夜明珠，所以不敢回府參見大人。如今大人也已明白取龍珠乃是件難上加難的事，因此內心忖度，應該不會受責，所以才敢回來參見。」

大納言起身③坐著說：

「幸虧你們沒有取來龍珠。因爲龍乃是雷神的同類，就因爲我一心想取龍珠，同船多人幾乎就要葬身海底。更何況若是眞捉到龍的話，那我是準死無疑。所幸你們沒有爲我捉

（續）

④「腹脹：陽氣外虛而陰氣內積之故。受冷風邪氣而陽氣外虛；冷風為陰氣；冷積腑臟間不散，則脾、氣相塞。虛則脹，故滿腹氣而微喘。」（《巢氏諸病源候總論》）

⑤「氣上衝至目，又遇冷風所襲，冷熱相剋，以致瞼內結腫；或如杏核大，或如酸棗狀，腫脹全因風而起。」（《巢氏諸病源候總論》）

① 前後各有數人，非常風光用手高抬的轎子。又稱腰輿。

② 《日本書紀》、《靈異紀》等的古訓，及《名義抄》等，皆可看到「呻」、「吟」等的訓讀。《落窪物語》中雖有相同記載，但是是屬於漢語訓讀系的語詞。

③ 終於恢復，能夠再度起身之意。

到龍來。赫映耶姬可眞是狼心狗肺①的大壞蛋，存心想謀害我。從現在起我再也不過其家門，至於你們，誰也不准再去那裡走動！」

話說完後，遂將家中剩餘的財物全部賞賜給未取到龍珠的家僕。

另外，被休棄而離去的正室②聽說茲事，捧腹大笑。至於用絲綢鋪覆飾造的屋頂，早已全被老鷹或烏鴉銜去作巢了。

事後，人們就傳論著：「大伴御行大納言眞取回龍頸夜明珠了嗎？」

「唉！事情不是那樣的。聽說珠是取回來了，不過卻是他左右雙眼上增添的兩顆狀如杏核大的明珠啊！」

聽的人也附和地說：「唉呀！那杏核可就難於下嚥了！」

從此，世人對於像大納言那種大費周章取珠，卻弄得賠了夫人又折兵的事，便開始用「唉呀！眞難消受！」來形容。

① 原文「大盜人」。責罵人的語詞。多指欺騙眾人而獲取利益；此指責弄口舌欺騙眾人之意。

② 「上」為顯貴之人的正室。如光源氏之妻葵之上，和後來的紫之上等。而明石始終沒有以「上」來稱呼。事實上，大伴御行之妻為一貞女。「詔曰……大伴宿禰御行之妻，紀朝臣之女……夫存之日，勸之為國；夫歿後固守墳墓。朕念其貞節深深感嘆。」（《續日本紀》和銅五年九月）

燕子的安產貝

中納言石上麻呂足來到家中男僕們的住處，吩咐：「燕子若開始築巢就來通知我。」

男僕們聽了就問：「不知大人要做什麼？」

中納言回說：「爲了取得燕子懷有的安產貝。」

男僕們回說：「就算殺死許多燕子剖腹來找，恐怕也找不到。不過曾聽人說『要安產貝得在燕子孵卵時掀起腹部才找得到。』可是話又說回來，只要有人走近一看，安產貝就會消失得無影無蹤。」

又有人說：「宮內大膳房①內的大爐灶上方架有橫梁，每根支柱的接孔附近，都有燕子築的巢。可以帶領幾位忠實從僕前去搭立腳架②，吩咐他們上去看看，相信那麼多燕窩中應該會有孵卵產子的燕子吧！如此，只要有人看到安產貝，就可以幫大人取下來。」

中納言聽了非常高興，就說：「這主意的確高明！我想都沒想過，多虧你提出這麼好的主意來。」

於是馬上差遣了二十多位男僕前去，叫他們事先爬上腳架，坐在梁上伺機下手。中納言也從府中派人頻繁探詢：「安產貝到底得手了沒有？」

但由於爬到橫梁上的人太多了，燕子嚇得連巢都不敢飛近。從僕就將情形稟告給中納言知悉。中納言聽了便煩惱著：「這如何是好呢？」

就在中納言計窮謀盡時，宮內大膳房有一位名叫倉津麻呂③的老官員來到中納言的面前聲稱說：「若要取得安產貝，就聽聽我的良策吧！」

---

① 原文「大炊寮」。宮內省所管轄。收納自各國所繳納的米飯、乾糧，再進而分配的機關。
② 組合木材以繩索固定，建造能夠爬到高處的鷹架。
③ 大炊寮是管理穀倉的役所，相等於中國（唐朝）的大倉。「倉津麻呂」之名，是包含著為此倉的掌管者之意而命名的。

中納言趨前附耳細聽①。於是老翁說：

「你叫人取安產貝的方法，看來不怎麼高明。你那種取法是無法得手的，因爲一下子聲勢浩大地派了二十多人爬上腳架登上橫梁，只會嚇得燕子不敢接近窩巢罷了。所以現在你應該先拆去所有的腳架，叫所有的人都退離現場，其次是找一位可靠的人，讓他事先坐進編目粗疏的竹籠內。然後備好繩索，燕子要產卵時，馬上拉緊繩索吊上竹籠，籠內的人就得眼明手快地取安產貝。這樣一來，不就可以到手了嗎？」

聽罷此法，中納言就讚美不絕：「此法果眞妙極了！」

於是馬上拆掉所有的腳架，橫梁上的男僕們也全都趕回家去。

中納言又向倉津麻呂垂詢：「什麼時機才知道燕子要產卵，將人拉提上去呢？」

倉津麻呂回答說：「燕子要產卵時，好像尾巴會往上提，旋轉七次之後才會產卵。只要掌握燕子七次旋轉的時機，把人拉提上去搜取安產貝就行了。」

對此說明，中納言感到十分滿意。於是就在大家不知情的情況下，悄悄來到宮內大膳

---

① 額頭幾乎要碰到額頭似的，貼臉秘密商談貌。像中納言這樣的顯官，與掌管穀倉的下級官人同坐，在當時可說是破天荒的事情。由此應可體會到中納言的心情。

房，混在男僕當中，還不斷地叫人探取安產貝。由於中納言對於倉津麻呂的提議甚覺欣慰，於是對他說：

「你雖不是我家僕人，卻獻此良策幫我達成心中夙願，實在感激不盡。我就把這件衣服送給你。」①

於是就脫下外衣，披贈在倉津麻呂身上。除此，中納言又吩咐說：「今天日落時分，請你也來大膳房一下。」

隨後中納言就送他回家，自己也回府去了。

當太陽下山後，中納言便來大膳房細細觀察，發現燕子果眞築好了巢，而且也抬起尾巴在旋轉。說時遲那時快，中納言馬上依照倉津麻呂所教的方法，叫人坐進編目粗疏的竹籠內，另叫人將竹籠拉上去。可是，籠內的人伸手往窩內摸索的結果卻是：「什麼都沒有。」

中納言很生氣地說：

① 將身上所穿的衣物脫下來賜給對方，是一種因過度感激，隨即忍不住要給予獎勵的心情表現。原文「かづく」，是指賜物者將披在肩上的衣服，因感謝之事，遂將衣服脫下賜與對方的意思。

「是因爲你的技巧太差，所以才會找不到。」又想：「一下子又想不出適當的人選可勝任此事，這怎麼辦呢？……」接著馬上說：「只好我親自出馬了。」

說著就坐進竹籠被拉提上去。中納言窺視燕窩時，剛巧正有一隻燕子抬起尾巴不停地旋轉著。於是就眼明手快地伸手進燕巢中探索，當摸到平滑的東西，馬上對下面的人說：

「我抓到了，趕快放我下去。老翁（倉津麻呂），我終於取到了。」

聽到主人的命令，家僕們便聚集在一起，大家都想盡快將主人卸放下來，於是就使勁地緊拉繩索，沒想到用力過度，竟拉斷了繩索。同時中納言也四腳朝天跌落在八島鼎①上。

在場的每個人都十分驚慌，紛紛靠近鼎邊要將中納言抱出，然而中納言卻已兩眼翻白，平躺著動彈不得。於是大家便忙著汲水來倒進他的嘴裡，好一陣子中納言才慢慢甦醒過來。此時家僕們抓手的抓手，抬腳的抬腳，手忙腳亂地將他從鼎上抬下來。接著問他：

「哪裡不舒服？」

---

① 上古時代大炊寮有八個鼎，代表著大八島（日本全國）的爐灶之神，並祭祀這八座神。

經此一問，中納言才在痛苦的呻吟下勉力回答：

「雖還覺得清醒，不過腰部卻動彈不得。所幸我一下就抓到了安產貝，就算肉體如何疼痛也覺得欣慰。總而言之，趕快替我把火把①拿來，讓我仔細看看手中的安產貝。」

待火把拿來時，中納言抬頭起身，打開手一看，手裡握的竟是燕子排泄的糞便。於是感慨萬千：

「唉啊！真是偷腥不成反惹一身臊！」

為此，世人稱此與心願相違之事為「徒勞無功」。

由於不是安產貝，心情一下子變得很惡劣，肉體的疼痛也跟著劇增。再加回程時用唐櫃②板蓋作的擔架抬送，一路上都難於躺臥。待回到家時，腰骨早已斷折了。

事後，中納言一心不欲別人知道，此病乃是由於自己的幼稚舉動所引起的。可是愈處心積慮不欲人知，病情越加惡化，身子也日益衰微下去。換言之，中納言日夜所在意的，

---

① 原文「ししょく」。「脂燭」的漢音表記。是當時日本簡便的攜帶型照明用具。將松樹樹脂分布最多的部分，細切為四、五十公分，在手邊捲紙做成。

② 「唐櫃」前後各二，左右各一，共計六腳且附有蓋子的櫃子。用來裝安產貝的話似乎過大。可能是用來裝中納言守夜時穿戴的衣物。

倒不是取不到安產貝，而是怕別人知道遭人取笑。就算平平凡凡地病死，中納言也不覺遺憾，只有別人的傳言才最令他感到羞辱。

另一方面，赫映耶姬聞悉中納言病危，就贈送和歌一首慰問：

長年累月波浪靜　江口之松待濤傾
空等無效君不訪　偷腥惹臊此事誠①

當左右從人讀予中納言聽後，雖然身心已然相當衰弱仍勉力抬頭起身，還叫人幫他拿紙，痛苦不堪中困難萬分下回了一首和歌：

取貝無效添失望　贈歌慰問汝未忘

①　意指經過這麼久你都沒有順道來舍下，聽說因為有浪花靠近，所以住吉的松有令人等待的價值，如同那松樹般，因為我等待的安產貝沒有弄到手，所以不管我再怎麼等待也沒有意義，這是真的嗎？「住の江」位於大阪市住吉區住吉神社的入海口。是松樹的名所，與靠在岸邊的浪花經常被詠入和歌中。「松」與「待つ」同音，取其雙關，「貝」與「甲斐」也是雙關語。

如欲同情衰弱人　請救吾命免身亡①

和歌寫完時，中納言也已氣斷命絕。赫映耶姬聞悉死訊時，內心也感到有些悲哀②。從此，類似中納言臨死時能獲赫映耶姬贈送和歌此類之高興事，世人皆以「奏效」③來形容。

---

① 意指雖然沒有子安貝，可是能獲得你的慰問詩，確實是有其價值的。為什麼你不接受我的求愛（那才是我最好的藥），你為什麼不救救我這條極為痛苦且將離開人世的命？「甲斐」與「匙」同音，取其雙關。「匙」是舀藥的湯匙。「救ひ」與「掬ひ」同音，也取其雙關，形成「匙」的緣語。

② 因為自己的緣故，而使得他人即將死去。雖然是前世的定數，但是終忍不住動情。因為是素未謀面的人，所以其表現出來的感情，並不是很具體、懇切的。

③ 原文「かひあり」。意指「有效」。中納言得到了赫映耶姬的慰問詩歌。雖然並沒有達到他對赫映耶姬求愛的目的，但是對他而言，仍可說是「得到有價值的東西」般的喜悅。世人遂將稍覺得意之事，稱之為「奏效」。

天皇求婚

另外，天皇也耳聞了赫映耶姬容顏舉世無雙，就對名叫中臣房子①的內侍宮女②說：「那位令許多男士身敗名裂，迄今仍無結婚打算的赫映耶姬，到底是何等女子？妳前去探個究竟。」

① 中臣氏為天兒屋命的後裔，中執臣之義。大中臣本系中有「高天原初而皇神之御中。皇孫之御中。執持伊賀志桙不傾本末。中良布留人稱之中臣者」的記載。中臣氏主要執掌祭祀一事，和當時的齋部氏為對立的關係。在這裡藉由中臣的原意，設定出中臣房子這一個周旋於天皇與赫映耶姬之間的人物。中臣氏在中臣鎌足時改姓為藤原。因此也有人認為這裡是諷刺藤原氏的一個表現。

② 後宮十二司中的筆頭內侍司的女官。為天皇的近侍，平常擔任上奏、宣旨的工作。當中分為尚侍、典侍、掌侍三職等。而文章中所提到的內侍，一般是指掌侍。

房子承旨往訪竹取翁家。老嫗①小心翼翼延請入內。宮女對老嫗說：「承天皇御旨：『據聞赫映耶姬容貌秀麗，差妳前去一探究竟。』爲此特來造訪。」

老嫗答覆說：「既然如此，我這就向赫映耶姬轉達御使的來意。」

老嫗隨即進入深閨轉述：「請趕快出來會見來訪的天皇御使。」

赫映耶姬聽了就說：「我又沒有羞花閉月的容貌，叫我如何出去見人？」

由於赫映耶姬如此回覆，於是老嫗接著語含責怪：「不要這樣不知好歹，怎麼可以得罪天皇御使呢？」

赫映耶姬回答說：「即使是天皇召令，我也不以爲意。」

赫映耶姬表現出毫無會見御使之意。老嫗和赫映耶姬平日雖親如母女，但她毅然拒絕的態度，卻讓老嫗感到非常難爲情，而且心生陌生。然而卻又不能隨意責備，只好據實向御使稟告：「非常遺憾，賤女倔強不懂事理，怎麼規勸都無意和御使會面。」

宮女說：「奉聖旨，定要親眼見過方可回宮。如今未能見到，叫我如何覆命呢？天皇

① 這裡頭一次將接待訪客的人，由竹取翁改為其妻，最主要的原因是，拜訪者為女性內侍中臣房子之故。

御令，世人焉有不從之理？請不要不識抬舉。」

老嫗雖非當事人也爲那威勢逼人的語氣感到無言以對。但是赫映耶姬聽到此話後更是不服①，馬上回說：

「若眞如御使所說，我違抗了御旨，就將我賜死亦無妨！」

宮女一籌莫展，待回宮之後，將事情原委一一稟奏天皇，天皇聽了之後說：「那就是她殺害多人，個性頑強的本性吧！」

之後，想召赫映耶姬進宮一事雖告平息，但是天皇仍念念難忘。內心常想怎能因赫映耶姬拒婚狡策就敗下陣來呢②？因此就召竹取翁進宮，對他說：「請將貴府的赫映耶姬獻給朕。一來朕已耳聞她國色天香，二來她緣慳一面使朕派去的御使徒勞往返，如此怠慢無禮，朕豈能輕易坐視呢？」

---

① 一開始便是拒絕態度的赫映耶姬，聽到這種帶有跋扈意味的權威性說法後，在態度上變得更加反抗。而根據以上的描寫，內侍和赫映耶姬的房間是滿接近的，似乎是只要稍微提高一點音量就能聽見說話內容的地方。

② 根據前面五個難題譚內容來看，五位求婚王公貴族都敗在赫映耶姬的計謀之下，而全部無功而返。因此天皇才會有「朕豈能敗在此女子的計謀之下呢」這樣的想法。

竹取翁十分惶恐地答說：

「賤女不懂世事，亦無進宮侍奉之意，我也無法可施，爲此十分頭痛。不過話雖如此，容我回去好言相勸，再把殿下的旨意重新轉述。」

於是天皇又說：

「赫映耶姬由你一手撫育成人，何以不能依循你的意思行事呢？如能將她奉獻進宮，朕哪有不賜你官爵之理的？」

竹取翁滿心喜悅①地回到家之後，就一心想說服②赫映耶姬。

竹取翁說：

「天皇向我表明他對妳的愛慕之意。既然天皇都已如此表白，妳怎能堅持不進宮③呢？」

赫映耶姬答說：

---

① 對於已經致富的竹取翁而言，能成為貴族為最大的願望。可見當時對於官爵的意識非現今能比。

② 原為親密的交談。此為窮盡情理希望能獲得對方理解的用法。與一般的「說」並不一樣，可以看出竹取翁的熱切。

③ 因為天皇的寵幸而入宮侍奉之意。

「進宮侍奉我是怎麼也辦不到的。若強逼我進宮，我只好就此消失①。或者，我也可以在你獲得一官半職之後一死了之。」

竹取翁回答說：「若因天皇賜我官位而致父女永隔人寰，我還要那官位做什麼呢？不過，話又說回來，妳為何不想進宮呢？又有什麼事讓妳非死不可呢？」

赫映耶姬就說：「如果你對我的話還有所懷疑，就試著送我進宮，看我會不會眞的尋死。前不久，許多對我懷有深情厚意的人②，才為我弄得身敗名裂，如今對天皇下達的旨意就屈順的話，別人知道了會如何想呢？我自己也會覺得難為情的。」

竹取翁回答說：「不管官位如何誘人，只要危及妳生命，就是我最關切的問題。妳若還是不想進宮，我這就去稟奏天皇。」

竹取翁進宮後就上奏：「殿下盛意愧不敢當。賤民亦想奉獻民女進宮侍奉，然而民女卻表明心意『只要進宮侍奉天皇，就一死了之。』由於民女並非我造麻呂所生，而是以前在山上尋獲的，因此性情也和普通人不同。」

---

① 在此的消失除了一般所指「死亡」的意思外，還有如火之熄滅、雪之消融般消失不見的意味。
② 指的就是前面的五位王公貴族。

天皇就對造麻呂說：

「聽說你家靠近山麓①，這樣我豈不就可以出遊狩獵②，前去會見赫映耶姬了。你說這樣可行嗎？」

造麻呂奏上說：「這計畫實在太好了。可在她不知情之下，利用出遊狩獵一覽赫映耶姬容顏。我確信可行。」

天皇很快就訂定出宮日期狩獵去了。抵達赫映耶姬家進去一看，屋內金光閃耀③，正中端坐著一位容姿華麗的女性。

「這就是傳言中的那一位吧！」

天皇內心暗想，於是隨即靠近過去。此時赫映耶姬轉身想往裡逃，不意天皇早已捉住她的長衣袖，赫映耶姬只好趕緊用另一衣袖遮掩臉龐。儘管如此，天皇還是看得一清二楚。雖是初次見面，也認爲其容顏世上無雙。於是天皇就說：「這下被朕捉住了，朕是絕對不會放手的。」

---

① 以竹取翁的家位於散吉鄉來推斷，應該是位於奈良盆地西南的金剛山山麓。
② 直至平安朝初期，天皇隨時都會在都城的近郊巡幸狩獵。
③ 家中滿室生光之意。強調赫映耶姬為天人化身而成的。

說著就要帶走她。赫映耶姬回說：「我若是出自凡世的話，自應聽憑尊意進宮侍奉。可惜我並非來自塵世，所以殿下想帶走我，恐非易事。」

天皇接著又說：「豈會有這等事？無論如何，我還是要帶妳走。」於是便招進鸞轎，此時赫映耶姬搖身一變，身影刹那全失①。天皇一急，心想：「好不容易才到手卻成泡影，實在可惜。」又想：「誠如別人所說②，她並非普通人啊！」因此，天皇又說：「既然如此，朕就不帶妳走，請快回復原形吧！至少讓朕看了妳的容姿之後，再安心回宮。」

經天皇這麼一說，赫映耶姬只好回復原形。可是赫映耶姬天仙般的容姿，天皇難以抑壓思念之情。另外，天皇對於造麻呂從中撮合會面一事也表示了感謝之意③。

事後，竹取翁就在家中設宴款待④隨從天皇而來的文武百官。

---

① 沒有實體，僅能憑光的明暗來察覺的形體。沒有厚度也沒有重量，無法用手捕捉的姿態。

② 以前所聽說的傳聞，現今由於自身的體驗，才總算能真的確認和理解。

③ 將感謝的心情以具體的形態表現出來。在此所指的雖然沒有達成原先的目的，天皇仍賞賜竹取翁官職之意。

④ 盛大地召開正式饗宴。可由此察知竹取翁的富裕。

天皇對留下赫映耶姬獨自回宮一事，甚表遺憾。但又無可奈何！終在魂不守舍的心情下打道回宮。當天皇登上鸞輿①後，請人轉致赫映耶姬一首和歌：

出遊歸時心憂悲　不時顧後把頭回
停停頓頓前進遲　只緣麗人意不隨

赫映耶姬也回贈天皇一首和歌：

吾家雖在山野路　野草席地長年住
今已身慣且心適　何曾想見玉台柱

天皇讀罷，茫然若有所失：

「怎能留下赫映耶姬獨自回宮呢？」

---

① 乘上轎子。這種轎子為蔥花輦。

如此一來，天皇內心中更不欲回宮。可是也不能就此待到天明①，於是最後還是回宮。

回宮之後，平日在天皇左右侍奉的女侍②，天皇總覺其容顏無能與赫映耶姬相比。縱然有些以前認為才貌出眾，只要和赫映耶姬聯想在一起，都會想成不似人樣。蓋因天皇心中只念著赫映耶姬一人而已。從此天皇就獨自寡居③，甚至連后妃處④也不去問津，只一心一意寫信⑤，差人送致赫映耶姬。赫映耶姬雖未順從天皇的盛意，回信中依然盛情相應不失情趣。天皇原本善解風情⑥，故也不時吟詠和歌並飾四季應時的花草枝葉，遣人致送赫映耶姬。

---

① 當時天皇的禁忌之一。天皇只能在安放著劍璽的宮殿內就寢。

② 律令制中，五位以上之女官、內侍司之女官或掌管宮廷文書、總務之人，倘若赫映耶姬進宮，應是編入此其中一員。此處亦含受寵倖、侍奉天皇之意。

③ 夜晚不召女性侍寢。

④ 此指白天若無特別之事，亦不去后妃宮殿。但當時天皇無法違背慣例或欠缺對有力貴族的關照。故此處只是根據現實感覺的敘述。

⑤ 非僅只一、兩次，而是習慣性通信之意。

⑥ 心情愉悅、興致高昂。即使是無比尊貴的帝王身分，仍悲嘆己身的不如意，藉由與赫映耶姬通信，才使得鬱悶情緒獲得紓解。

赫映耶姬升天

就在彼此互通款曲以慰心情之間，不覺三年①已過。可是自從新春以來，赫映耶姬只要看到明月出來，就會比往常更易陷入沉思及憂慮。此時身旁伺候的人就會規勸說：

「觀看月亮容顏是很忌諱②的事。」

但隔不多久，赫映耶姬又會趁無人注意時看月亮，而且還會哭得非常悲傷。

七月十五日晚，赫映耶姬走出房間，來到迴廊簷下坐觀月亮，觀時臉上頻露不樂的神

① 自石作皇子起，所有的求婚者皆給予三年的時間。

② 受民間信仰影響，認為觀看月亮是不吉祥的。《源氏物語》宿木卷：老人們說：「現在就入內，看見月亮是忌諱的。」

情。於是赫映耶姬身邊的侍女就去向竹取翁報告說：

「赫映耶姬觀望月亮常悲從中來，最近幾天尤其變得非比尋常，好像有事讓她非常悲傷，煩惱似地。請多加關切。」

竹取翁聽畢報告，便問赫映耶姬：「到底是什麼事讓妳如此悲傷呢？是不是因爲看了月亮的緣故？無論是在物質上或精神上，爺都算讓妳過得相當舒適和滿意了，難道妳還有什麼憂心的事嗎？」

赫映耶姬說：「每當我看到月亮，就會對世事①感到難安，不覺悲從中來。除此，我哪裡會有其他嘆息事呢？」

竹取翁事後又到赫映耶姬的房間去探望，見她依然沉思如故，便問說：「寶貝女兒，妳到底在煩些什麼？憂慮些什麼呢？」

赫映耶姬回答說：「我沒有煩惱，只是不知怎麼總覺得心神不寧。」

竹取翁又說：「既然這樣，就不要再看月亮了。就因爲妳看了月亮，才會心生煩惱。」

---

① 原文「世間」。泛指俗世、世間。由佛教語的現世之意衍生而來。

赫映耶姬接著說：「要我如何能不看月亮呢？」

竹取翁的規勸並未產生任何效果，赫映耶姬依舊觀月如故，只要月亮一出來就坐在迴廊簷下悲嘆著、煩惱著。但在月色昏暗①的時候，煩惱就會消失。一旦明月②高掛，仍舊悲嘆不已③。

侍女們目睹此景就會彼此耳語：「不管怎麼說，赫映耶姬心中一定深藏著什麼憂慮才對。」

雖然如此，別說是侍女們，就連身為雙親的竹取翁夫婦也都無從知曉其中的緣由。將近八月十五日的晚上，赫映耶姬又坐在迴廊簷下觀看月亮，看得悲傷至極不覺淚流滿面。甚至連身旁有人注意，亦不再避諱，只是一味地哭泣④。

---

① 薄暮、月亮未出現前之黃昏時分。一過農曆二十日，月亮出現的時間變晚，故自日落後，有一短暫的黑暗時光。

② 自八月三日後，夕月出現之際。隨著月齡的變化，能巧妙地捕捉時間的經過與赫映耶姬愈加深切之悲嘆。

③ 此表示雖因害怕竹取翁擔心，故始終沉住氣、隱忍不說，但隨著時間愈發迫近，終究無法抑制。

④ 對於只能哭而無能為力的赫映耶姬，早已感受不到她的超人性，而是個真正的人類。此處的敬語亦是對其憐恤、愛護之情的表現。

目睹此情此景，雙親就急著問：

「到底是怎麼一回事？」

赫映耶姬哭著說：

「早先就想稟告二老，可是只要自己和盤托出，你們定會焦慮不安，因此一直沉默不語。但是事情也不能這樣隱瞞下去，所以今天我痛下決心定要把眞相說出。此身原不屬此塵世，而是屬於月宮。我雖是月宮之人，但因前世有此因緣①，所以才會降臨人世。如今回歸期限已到，八月十五日將有人從月宮前來迎接我。由於非回去不可，因此每想及你們會因我的離去而悲傷，心中就好生難過。這就是開春以來一直煩惱的原因。」

赫映耶姬說完早已涕淚縱橫，目睹此情，竹取翁就說：「妳到底在胡說些什麼？我從竹子裡發現妳的時候，才同菜種②那麼大。以後一直把妳視如己出來養育。如今妳已長得

---

① 前世宿緣。此為佛教中之三世因果思想，認為現世之果由前世之因決定，後世之果亦由現世之因決定，無論如何都無法改變。

② 芥子菜的種子。比喻極為小的東西。具有佛教意味的用語。前面的故事裡，曾提到竹取翁發現赫映耶姬時，是一個三寸大的小女孩。現在卻說大小如同芥子菜的種子般，這是一種為了強調養育辛勞的誇張表現。

和我一樣高①了，才說有人要來接妳回去，這樣的事我會答應嗎？」②

接著又說：「若眞有此事，還是我先死算了。」③

竹取翁說完就哭嚷不停，其痛苦的樣子簡直無法忍受似地。

赫映耶姬又說：「我是月宮中人，那裡有生我的父母④。從月世界降臨人世，原僅做短暫⑤的逗留，孰知一住，一下子卻過了好幾年，甚至連生我的父母也記憶不清⑥。更何況在此長期居住下來，早已習慣這裡的一切，同你們起居生活已一點也不覺生疏。因此對於歸返月世界心情並不高興⑦，內心反倒是悲傷而已。雖然如此，但又不能隨意留下⑧，

① 養育得幾乎和我一般高的意思。與現代的語感相比，為一種逆向的表現。
② 絕對不允許月宮裡的人，來把赫映耶姬接回月宮。
③ 竹取翁不相信確實有月宮的存在，對於赫映耶姬的話語，只能把它理解為是死的隱喩。因此，才會說出：「如果妳要死的話，不如我先死吧！」的話語。
④ 意指身為月宮裡的人，也有父母在那裡，父母親也是身為月宮裡的人。
⑤ 說明著異境與現實之間的時間意識，有很大的隔絕存在。這種表現手法在浦島太郎傳說等故事中，也可見到。從月世界來到這個塵世，已經過了很久的意思。
⑥ 意指赫映耶姬並不思念月宮裡的父母，因為在這個國度裡，已經住習慣了。
⑦ 意指赫映耶姬即將要回到月宮去，但是她並沒有喜悅的心情，反而只有徒增悲傷的心情。
⑧ 意指赫映耶姬雖然不想回去月宮，但是卻由不得自己的心意，還是要回去。

唯有離開人世一途。」

說完就和竹取翁夫婦哭成一團。此外，侍女們①長久以來早已習於服侍赫映耶姬，而且主僕也產生相當親密的感情。除此，因慣見赫映耶姬高貴的氣質，優雅的性情②，以及討人歡心的樣子，所以一旦聽說要和女主人永別，均覺得相當思念③。因此侍女們也都難過得茶飯不思，悲痛之情與竹取翁夫婦並無二致。

天皇聞及此事迅即派遣御使來訪。竹取翁一見到御使，就身不由己放聲慟哭。由於竹取翁終日為此悲嘆，以致髮鬚皆白，腰屈背駝，淚乾眶爛④。雖僅屈知命⑤之

---

① 指的是長期以來，侍奉著赫映耶姬並與赫映耶姬相處融洽的侍女們。

② 從日常生活的行為舉止等，能夠感覺出其人品、性格。原文「心ばへ」。指的是，文靜、安靜的性情或氣質。

③ 光只是想，就難忍將要離別之苦，連茶水都無法下嚥般的悲痛之情溢滿心胸之意。（故事發展至此，赫映耶姬對求婚者，表現出一種冷酷無情的態度；但是，對於竹取翁夫婦以及侍女們，卻是以溫柔的感情對待，故事在此也透露出赫映耶姬所隱藏的真實性格。）

④ 雖然才五十多歲的竹取翁，因過度的悲嘆，驟然之間變得衰老。

⑤ 故事中曾經提及竹取翁的年紀：「翁、年七十に余りぬ」——意指竹取翁已經年逾七十歲了。但是在此處卻提到竹取翁才五十歲左右。在《竹取物語》中關於登場人物的年齡等細部描寫的部分，作者並非給予一貫的設定，這或許可以想像是為了在某些特定的情節當中，製造出某些劇情的效果而故意做的描寫。

年，卻因悲傷過度，看來一下子蒼老許多。御使向竹取翁傳達天皇慰問之意：

「聽說您的心情沉痛，煩惱不已。果眞有此事？」

竹取翁哭泣著說：「欣蒙殿下垂顧，賤民實不敢當。赫映耶姬說，本月十五日，月世界有人會從月宮來接她回去。希望殿下能於此日派遣兵馬前來，若月宮眞有人降臨，可叫人將他們逮捕起來。」

御使回宮之後就將竹取翁悲嘆的神情，以及請求派兵相助一事啓稟天皇。天皇聽了之後就說：

「僅有一面之緣的朕都難於忘懷，更何況是朝夕相處的竹取翁夫婦①。一旦分離，悲傷可想而知。」

到十五日那天，天皇下令朝廷各部門，並指派近衛府高野大國少將爲敕使，親率朝廷六衛府兩千名護衛前去。抵達之後，土牆上派駐一千人，屋頂上也派駐一千人②，再加竹

① 整句話的意思為，天皇雖只見過赫映耶姬一面，便從此無法忘懷赫映耶姬，更何況竹取翁夫婦朝夕與她相處，一旦分別，不難想像其悲痛的心情。

② 此句話的意思是指，一千人在土牆上，另外一千人在屋頂上守衛；然而這麼多人的重量加諸在建築物上，而建築物竟然沒有倒塌，顯現出一種天真無邪的說話性格。

取翁家中眾多從僕擔任守護①，早把房屋圍得水洩不通，滴水難進。竹取翁家中的從僕也和禁中護衛一樣，手攜弓箭守候於主廂房外，廂房內則由侍女輪流守護②。主廂房③的最裡面，竹取翁的老伴緊緊護擁著赫映耶姬，竹取翁本人還將房門特別給鎖上，自己在門口④站崗。

竹取翁說：「守護得如此森嚴，任憑對手是天仙也不會失敗吧！」又對屋頂上的護衛們說：「只要有半丁點⑤東西在空中飛動，格殺勿論。」護衛回說：

「如此嚴密的護衛，縱有細如針眼的東西出現，我們也會立即射殺並將獵殺物丟給大家看。」⑥

---

① 此指竹取翁家裡的人也和官兵一樣，加入守衛的陣營裡，同時也手持弓箭一起守護之意。
② 平安朝時代，男子是不可以進入女子的閨房裡。因此，就由侍女們在屋內嚴密地輪流守候。
③ 正堂（主房）的最裡面。四周用牆壁封上，僅留還能夠透光的小小窗口以及出入口的房間。作為置放物品的倉庫之用，有時也作為寢室之用。
④ 指竹取翁關上倉庫的門，並且站在倉庫門口守護。《伊勢物語》第六段中也有此類似的情節：「將那個女子放置在一所空廢的倉庫裡，男子持著弓箭、背著箭筒，在門口守衛著。」
⑤ 比喻細小的意思。意指只要有一丁點的東西在天上飛，立刻射殺。
⑥ 作為一種懲罰的語氣。意指一隻蚊子如果飛到守護如此嚴密的地方來，不管怎樣，先射殺，曝屍示

竹取翁聽大家這麼一說，覺得很有保障，心情也就鬆弛多了。赫映耶姬卻不以爲然：「即使把我緊閉在廂房內，又做了如此萬全的守護和迎戰的準備，但還是無法和月世界的人相抗。屆時恐怕連弓箭都無法射出。換言之，就算將我緊閉在此，只要月宮人一來，門戶就全會洞開。有人縱然想上前迎戰，也會因爲見到月宮人，變得毫無鬥志。」

對於赫映耶姬長他人志氣，竹取翁甚覺氣憤，於是就說：「我會用長指甲把對方的眼珠抓得潰爛，還要扯下他們的頭髮拖曳在地，還要掀露他們的屁股讓滿朝文武百官觀看，使他們當眾蒙羞。」

赫映耶姬接著說：「請不要大聲喧嚷，若被屋頂上的護衛聽到了是很丟人現眼的。我辜負了你們養育我的深情厚愛，貿然要離開這兒，實在遺憾萬千。由於前世沒有長居塵世的因緣①，所以每當想及就要離開此地，心中就悲傷不已。又因爲我未善盡人子之責，返回月宮途上叫我如何安心？爲此這幾天我一直坐在迴廊簷下，請求月宮再准我多留一年，可惜未蒙允准，因此才會如此悲痛難過。給你們平添憂慮，再加濃郁的離愁，這些都讓我

(續) 眾，以儆效尤！

① 人世間能長期間一起度過的宿緣。源自佛教思想的思考類型。

悲傷難耐。雖說月世界的人都長得非常清純美麗，又不會衰老，甚至連煩惱亦無①。即使返回那般完美的世界，心中不覺一點興奮。放心不下的是，離開這裡之後就無法照顧兩老的生活起居和日薄西山的身體。」②

由於赫映耶姬又提到月世界的人與事，竹取翁就恨恨地說：

「請別再提傷心事。不管月世界的使者風采是多麼華美，都阻礙不了我守護妳的工作。」

上半夜就在交談間，不知不覺地過去了，大約在子時③（半夜十二點左右），房屋的四周開始明亮起來，其明亮的程度較諸白晝更有過之而無不及。明亮度約有滿月時的十倍，在場的人連毛孔都可以看得一清二楚。此時，半空中有人駕雲下降，整排地停留在離地面

① 自一切煩惱解放，心思也不受感性動搖。

② 兩位老人家今後會更加衰老，甚至生病，最後終致死亡。我是何等想守候在您們膝前，直到那些現象到來，對我而言，雖然那些不是我想厭離的現象，但相反的是，只怕那些現象會在我離去之後，成為您們永遠殘留於心，難消的愛執。於佛教中曾說過，生老病死此四苦，乃人世間難以避免的根本之苦。

③ 以上午零時為中心的前後兩小時，半夜。

約五尺高的半空中①。裡外所有人目睹此景，內心似被一難以言喻的東西壓抑著，毫無意願上前迎戰。就算好不容易清醒過來，手持弓箭準備發射，也覺得雙臂像似喪失力氣軟綿綿地趴靠在東西上②。其中有些護衛心志堅強竭盡心力意圖射箭，可是箭總是偏到別的地方去。每個人都無法奮勇迎戰，心情也都恍恍惚惚，只是神情滯呆地彼此對望著。

停留在半空中的月宮人，穿著之美麗實在難於言喻。此外還有一輛覆罩有綾羅寶蓋③的飛行轎輿④伴隨著，轎輿中有位像是國王的月宮人向竹取翁家喊道：

「造麻呂⑤，給我出來！」

聽這麼一喊，一直都很逞強的造麻呂，心情好像被什麼迷惑住似地變得軟弱下來，而且還伏跪在國王面前。

---

① 大約離地有人身高的高度。大概是討厭人處之穢土不潔淨。或許也受佛畫的影響吧。

② 身體氣力盡失，全身上下呈現軟綿綿的狀態，身體好不容易依靠著東西才支撐住。

③ 「羅」是薄絹。將薄絹撐張成圓筒房形，懸掛在貴人身後的一種豪華遮陽傘。通常是裝置在飛車上。

④ 《和名抄》中記載：「兼名苑注中有云：奇肱人（中國西方的國名，住著三目獨臂人）善作飛車，隨風飛行，故曰飛車。」此乃中國神仙思想的產物。

⑤ 「造麻呂」是竹取翁的本名。第一次就不客氣被直呼本名，可見竹取翁已喪失抵抗的意志。知道本名而直呼本名一事，代表已完全掌控了該人的全身意志。

月世界國王就說：「你的心志是多麼幼稚啊！由於你積了些許功德，我才想對你生活有所助益。爲此我才將赫映耶姬下降至凡間。雖然只是須臾片刻，但在人世卻已過了漫長的歲月。這段期間，你因有我賞賜那麼多金子，才能如重生一般，變得如此富裕榮耀。由於赫映耶姬在月宮犯了罪①，才會被貶降至卑賤的凡世，在此短暫居留。如今刑期已滿，所以才前來迎接。孰知你卻如此哀嘆哭泣，這都是徒勞無益之舉。快將赫映耶姬交還上來。」

竹取翁答覆說：「我辛辛苦苦養育了二十幾年②，閣下卻說是片刻③之間，我感到百思不得其解。另外，該不會是閣下所要尋找的人不在這裡而在其他地方吧！」

竹取翁又說：「赫映耶姬由於罹患重病，現在不能外出。」

聽完竹取翁的話，月宮人也不做任何答辯逕將飛行轎輿停靠在屋頂上，呼喊說：「赫

---

① 為消滅罪障才降下凡間人世的。

② 赫映耶姬降生三個月後便達適合結婚的成人年齡，然後歷經三年求婚期、三年五位公卿尋寶期，再加三年與天皇的交往期，合計約十年左右。「二十餘年」的話，就與正常人的成長速度無異，竹取翁主要強調我家的赫映耶姬是常人非月世界要尋找的人。

③ 竹取翁為追根究柢天上時間和地上時間相異的矛盾，特別舉出天人話中的語病來抗辯。

映耶姬，出來啊！妳爲何能在污穢的人世①長居久留下去呢？」

經這麼一呼喊，緊閉著的廂房門不知怎麼地，便被輕易地打開了。接著，被老嫗擁在懷中的赫映耶姬脫身走到外面來。即使老嫗想阻止亦無能爲力，只有仰天哭泣而已。離開老嫗的懷抱，赫映耶姬挨近心志恍惚俯伏在地的竹取翁，對他說：「就此要前去月宮，實無可奈何之事，至少在升天時請爲我送行吧！」

可是竹取翁卻說：「我如何還能在悲傷時爲妳送行呢？妳走了之後，叫我怎麼辦呢？難道要棄我不顧升天嗎？請帶我一起走吧！」

說完，竹取翁又哭倒在地，赫映耶姬見狀也心亂如麻。於是說：「那麼，我先寫好信留下再走好了。你們思念我時，就拿出來看。」

因此，赫映耶姬就在悲傷的心情下，寫下：

「假若我是生在人世的話，就可永遠住在這裡，兩位老人家也不至於傷心欲絕了。但事與願違，我無法在此久留，現在就必須離開人世間和你們永別。總之，我自己也覺得無可奈何。請將我脫下來的衣物留做紀念。月亮出來的夜晚，觀看月亮想著我。想到就要拋

---

① 此處表現出現世是穢土的思想值得注意。大概是指佛教中所說的「厭離穢土」的思想吧。

下兩老升天而去，心情有如從半空中墜落下來般地痛苦。」

月宮人當中有的拿著盒子，其中有一個盒子裡面放著天羽衣①，另有一個盒子裝著不死藥②。

有一位天人說：「請飲下這瓶藥，因爲妳已食用了濁世的食物，心志一定非常拙劣！」

說著就拿著藥走到赫映耶姬的身旁來，赫映耶姬嘗了一些之後，很想包一點放進脫下的衣物內留給竹取翁當作紀念。可是在旁的月宮人不讓她包，還取出天羽衣就要給她穿上。此時，赫映耶姬就對月宮人說：「請稍候一下！」

又說：「聽說穿上天羽衣，心思就會和凡人不同。但是，我還有一件事非先交代清楚不行。」

---

① 日本古老傳承故事中的天人衣裳。原本是具有能在天空飛翔機能的東西，但在此物語中主要象徵意義是具有天人資格。

② 喝下此藥不僅能得永生，還能成為仙人。《淮南子・卷六覽冥訓》中說，后羿從西王母處求來不死之藥，嫦娥(姮娥)偷吃了這顆靈藥，成仙了，身不由己飄飄然地飛往月宮之中，在那荒蕪的月宮之中度著無邊的寂寞歲月。另外，相傳蓬萊島上也有此仙藥。(《史記》、《宇津保物語》內侍督)

說完此話就寫起信來，月宮人很不耐煩地說：「眞慢啊！」

赫映耶姬反駁說：

「請別說不通情義的話！」

於是就靜下心來給天皇寫信，神情一副從容不迫。信中寫著：

「承蒙殿下派遣了那麼多護衛來阻止我被迎返月宮，但是前來迎接的月宮人堅決不許我留下。現在我就要被帶回去。對於此我既感遺憾也感到悲傷。此外無法服侍殿下也是由於我身世複雜所致。雖然如此，殿下恐怕還是難於體會！我倔強地駁斥了殿下的盛意，殿下想必視我爲無禮之徒而懷恨於心吧！我對此較諸其他任何事都還要介意。」

信後又吟上一首和歌：

事到如今時近逼　正值穿起天羽衣
君王之事思慕起　深感哀切心難依

隨後招來頭中將①，將信及和歌連同不死藥一起裝進藥罐內，託他轉呈天皇。月宮人接過手來轉遞給中將。中將接過後，月宮人隨即爲赫映耶姬穿上了天羽衣。一旦穿著完畢，赫映耶姬憐憫竹取翁夫婦的心情②，以及對於離開凡世感到遺憾的心理③，轉瞬間全部消失殆盡，這皆因穿上天羽衣後煩惱全失所致。於是，赫映耶姬乘上飛行轎輿，在一百多位天人的護擁引導下升天而去。

① 同前面被介紹為高野大國的那號人物。「頭中將」是兼藏人頭的近衛中將之職稱，因此人文武雙全，官居天皇貼身的第一要職。
② 意指赫映耶姬眼睜睜看到竹取翁的悲嘆，心生不忍目睹的痛苦心情。
③ 心懷悲憫之情卻痛苦無能為力。

富士之煙

赫映耶姬升天之後，竹取翁夫婦雖傷心得血淚①交織，心神錯亂，然而一切全歸於徒勞，無法再喚回赫映耶姬。即便請人讀其遺留下的書信，依然消極如故：「我爲何要珍惜生命呢？爲何目的，又爲了誰呢？如今一切皆已枉然。」

不但如此，竹取翁夫婦連藥也不飲用了。如此過了不多久，終致無法起身而病臥床榻。

---

① 從漢語「血涙」而來，據說悲痛至極時，血會變成眼涙流出。「涙盡繼之以血」（《韓非子》）；「極言是非，血涙盈襟。」（白樂天，《崔公墓誌銘》）

另一方面，中將率領諸衛士回宮，並把無法迎戰月宮人及無能守護住赫映耶姬一事，前前後後詳細稟奏，又將裝有書信的藥罐呈給天皇。天皇閱信之後，深受感動，以致茶飯不思，甚至於中秋夜也不舉行詩歌管弦宴會①，只召公卿大臣②垂詢：「哪座山較接近天？」

就中有位大臣答奏：「聽說駿河國③內有一座山，不但靠近京城④，也接近天。」

天皇聽了之後，隨即吟了一首和歌：

吾身浮沉悲淚中　只緣與汝永難逢

---

① 當時所謂的「遊び」（遊玩），是指普通音樂一事。並非是由專門的人所編成的雅樂，是指由自己所彈奏，以古箏或笛子為中心的室內樂合奏。停止歌舞音曲一事，是對死者表示哀悼的禮儀。並非只是因天皇個人的心情，而停止歌舞音曲一事。

② 一般是包含大臣在內的公卿們。但是在此因與大臣們並列，故是指與大、中納言參議一事。（《增鏡》）

③ 現在的靜岡縣東部（伊豆半島除外）。

④ 在唐土或是在天竺，應是有更接近天的山，可是此所指的是，目前從京城出發可到達日本國內的山。

縱有不老不死藥　於事何益難服用①

隨後，天皇把和歌與赫映耶姬獻上的不死藥一起裝進藥罐中，暫且交給殿上御使保管，之後宣召擔任此次任務的敕使調岩嵩進宮，令他將藥罐帶至駿河國內那座山頂上，並指示應做事宜，亦即把天皇的信函②和不死藥的藥罐並排點火焚毀。

調岩嵩承領了聖旨之後，就率眾兵士③登山。從此之後那座山就被命名爲富士山④。相傳焚燒不死藥與書信所產生的煙，至今仍裊繞在雲中⑤。

① 意指因為不可能再見到赫映耶姬，對不斷在淚水中度日的朕而言，長生不老之仙藥，有何意義呢？
② 有兩種說法，一說是赫映耶姬寫給天皇的信，另一說是天皇寫給赫映耶姬的信。因為對著天變成了永遠裊裊上升的煙，因此可解釋為這是天皇無盡相思的煙。
③ 原文「士」。原本是武器的意思，轉換成士兵的意思。更進一步轉換成強壯勇猛的武士之意。
④ 因為燃燒著不死藥，所以稱作「不死山」。可是也可推翻其說法，把它想成是因為有許多士兵到此，因而稱之為「富士」。
⑤ 傳說燃燒著不死藥的煙至今仍裊裊上升，而那就是富士山的煙。由此可知，富士山於當時仍是一座不斷冒著煙的活火山。

參考文獻

一、阪倉篤義校注，《竹取物語》（岩波書店，《日本古典文學大系》九，一九五七）。
二、南波浩校注，《竹取物語》（朝日新聞社，《日本古典全書》，一九六〇）。
三、片桐洋一校注，《竹取物語》（小學館，《日本古典文學全集》八，一九八五，第十六版）。
四、野口元大校注，《竹取物語》（新潮社，《新潮日本古典集成》，一九七九）。
五、上坂信男編，《竹取物語全評釋　古注釋篇》右文書院，一九九〇）。
六、三谷榮一校注，《竹取物語　字津保物語》（角川書店，鑑賞日本古典文學第六卷，一九八六，第六版）。

七、川端康成等譯，《現代語譯「竹取物語　伊勢物語　落窪物語」》（新裝版日本古典文庫七，河出書房新社，一九八八）。
八、島津久基校注，《竹取物語》（岩波書店，《岩波文庫》，一九二九）。
九、山岸德平校注，《竹取物語》（學燈社，《學燈文庫》，一九五六）。
十、中河與一校注，《竹取物語　付現代語譯》（角川書店，《角川文庫》，一九五七，三十二版）。
十一、上坂信男譯注，《竹取物語　全譯注》（講談社，《講談社學術文庫》，一九七八）。
十二、雨海博洋譯注，《現代語譯對照　竹取物語》（旺文社，《旺文社文庫》，一九八五）。
十三、星新一譯，《竹取物語》（角川書店，《角川文庫》，一九八七）。

版本及研究書籍

（日文資料、依年代序排列）

一、《蓬左文庫藏竹取物語》，一六〇〇年頃書写の復刻版，（日本古典文学會慶長年刊）。

二、《通行本挿絵入竹取物語》二卷（茨城多左衛門板，宝永七年刊，一七一〇）。

三、《竹取物語抄》二卷（柳原喜兵衛版，天明四年刊，一七八四）。

四、山東京山作，《松梅竹取物語》拾二卷（浮世絵歌川國貞画，寬政年刊，一七八九）。

五、中島来章画，古梅俳句《竹取翁之図》一枚（木版俳諧摺物，天保年刊，一八三〇）。

六、田中大秀著，《竹取翁物語解》六卷（本居太平・坪内雄藏序，天保二年刊，一八三一)。
七、佐々木弘綱著,《竹取物語俚言解》二巻(文會堂記,安政四年刊,一八五七,注釈本)。
八、加納諸平,《竹取物語考》一冊(文化三年—安政四年,一九二六,和本)。
九、《竹取物語　金銀泥彩色　二十五図　三巻》(江戸中期写)。
十、柳田国男,《昔話と文学・竹取翁考》(創元社,一九三八)。
十一、新井信之著,《竹取物語の研究 本文篇》(国書出版,一九四四)。
十二、市古貞次編,《竹取物語全釈》(紫乃故郷舎,一九四九)。
十三、吉田幸一編,《竹取翁物語》(古典文庫,一九四九・三)。
十四、山岸徳平、田口康一著,《竹取物語》(法文社,一九五六)。
十五、武田祐吉編,《竹取物語新解》(明治書院,一九五〇)。
十六、三谷栄一,《物語文学史論竹》(有精堂,一九五二)。
十七、南波浩,《校異古本竹取物語》(ミネルバア書房,一九五三)底本・新井本。
十八、山田俊雄,《昭和校注竹取物語・《なたねの大さ》の論》(山田孝雄・忠雄・俊雄武蔵野書院,一九五三)。

十九、吉川理吉，《古本竹取物語校註解說》（龍谷大学国文学会出版部，一九五四）底本・三手文庫本。
二十、三谷栄一，《竹取物語評解改訂版》（有精堂，一九五六）。
二一、阪倉篤義校注，《竹取物語・他》（《日本古典文学大系》，岩波書店，一九五七）底本・武藤本。
二二、岸上愼二・伊奈恒一，《詳解竹取物語》（東宝書房，一九五七）。
二三、岡一男，《竹取物語評　》（東京堂，一九五七）。
二四、田海燕編著，《金玉鳳凰》（上海少年兒童出版社，一九五七）。
二五、岡一男，《竹取物語評解》，一九五八。
二六、山田忠雄，《竹取物語總索引》（武蔵野書院，一九五八・六）。
二七、南波浩校注，《竹取物語・伊勢物語》（《日本古典全書》，朝日新聞社，一九五九）底本・新井本。
二八、南波浩校注，《竹取物語》（《日本文学全書》，一九六〇）。
二九、中田剛直，《竹取物語の研究校異篇・解説篇》（塙書房，一九六〇）。
三十、松尾聡，《評注竹取物語全釈》（武蔵野書院，一九六一・六）。

三一、柳田國男，《定本柳田国男集 卷六・竹取物語》（筑摩書房，一九六三）。
三二、中田剛直，《竹取物語の研究 校異篇・解説篇》（塙書房，一九六五・六）
三三、尾崎暢殃著，《竹取物語全釈》（中道館，一九六六）。
三四、松尾聡著，《校註 竹取物語 訂正增補版》（笠間書院刊，一九六八）。
三五、中田剛直校注，《古本竹取物語》（大修館書店，一九六八）底本・新井本。
三六、柳田國男，《竹取物語竹取翁、竹取爺〈昔話と文學〉》（筑摩書房，一九六八・十一）。
三七、岸上愼二・伊奈恒一著《詳解 竹取物語》（桜楓社，一九六九）。
三八、村瀬英一，《竹取物語》（有朋堂，一九七〇・九）。
三九、三谷栄一，《竹取物語》（バンダイ，一九七一・三）。
四十、《竹取物語天正本 大和物語》（天理図書館善本叢書和書之部，八木書店，一九七一・十一）。
四一、片桐洋一校注，《竹取物語・他》（《日本古典文学全集》，小学館，一九七二）底本・古活字十行本。
四二、吉田幸一編，《竹取物語》〈古写本三種〉（古典文庫，一九七三・二）。

四三、伊藤清司，《かぐや姫の誕生》（《講談社現代新書》，講談社，一九七三）。
四四、久曾神昇編，《竹取物語》（《古典研究會叢書》，汲古書院，一九七四）。
四五、中川浩文，《國文學論叢二十号・竹取物語ディキンズの英訳《竹取の翁の物語》の底本》（龍谷大学国文学会，一九七五）。
四六、《天理図書館善本叢書 竹取物語》（天理大學出版部，一九七六）。
四七、高橋亨，《物語文芸の表現史・竹取物語論》（名古屋大学出版会，一九八七、初出一九七六）。
四八、田海燕編，君島久子訳，《チベットのものいう鳥》（岩波書店，一九七七）。
四九、三谷栄一編，《竹取物語》（桜楓社，一九七七・二）。
五十、藤村潔，《古代物語研究序説》（笠間叢書，一九七七・六）。
五一、徳田進，《竹取物語絵巻の系統的研究》（桜楓社，一九七八）。
五二、上坂信男，《竹取物語》（講談社，一九七八・九）。
五三、野口元大校注，《竹取物語》（《新潮日本古典集成》，新潮社，一九七九，底本・高松宮家本）。
五四、円地文子，《かぐやひめ》（岩崎書店，一九七九・六）。

五五、《竹取物語古註釈大成》(日本文学古註釈大成，日本図書センター，一九七九・八)
五六、江口正弘，《海道記の研究　本文篇　研究篇》(笠間叢書，一九七九・十二)。
五七、篠田浩一郎，《竹取と浮雲》(集英社，一九八一・三)。
五八、高橋貞一，《竹取物語》(勉誠出版，一九八二・十一)。
五九、吉岡曠，《竹取物語》(学灯社，一九八二・十二)。
六十、片桐洋一校注譯，《竹取物語・他》(完訳日本の古典，小学館，一九八三)底本・古活字十行本。
六一、原田千代子，《竹取物語》(暁教育図書，一九八三・一)。
六二、金杉忠男，《竹取物語》(而立書房，一九八三・八)。
六三、小西宏，《竹取物語》(評論社，一九八三・八)。
六四、中川浩文，《竹取物語の国語学的研究》(思文閣出版，一九八四)底本・三手文庫本・未完。
六五、平林文雄，《なよ竹物語研究並びに総索引》(白帝社，一九八四・三)。
六六、奥津春雄，《まひる野・《竹取物語》求婚譚の時間意識》(一九八四・九)。

六七、三谷栄一，《竹取物語》（明治書院，一九八四・十）。
六八、三省堂編集，《伊勢物語・竹取物語》（三省堂，一九八五・二）。
六九、中川浩文，《竹取物語の国語学的研究》（思文館出版，一九八五・三）。
七十、卯月泰子，《かぐやひめ》（永岡書店，一九八五・七）。
七一、杉野恵子，《平安文学研究・竹取の翁と「二十余年」》（一九八五・十二）。
七二、片桐洋一，《竹取翁物語　古活字十行本》（和泉書房，一九八六・四）。
七三、福島のり子，《かぐやひめ》（教育画劇，一九八六・四）。
七四、片桐洋一，《竹取物語》（和泉書房，一九八六・四）。
七五、野木周，《なよ竹のかぐや姫物語》（明治図書出版，一九八六・六）。
七六、中野幸一解説，《奈良絵本絵巻集 竹取物語》（早稲田大学出版部，一九八七）。
七七、高林雪山，《新竹取物語》（島津書房，一九八七・四）。
七八、田辺聖子，《竹取物語・伊勢物語》（集英社，一九八七・七）。
七九、星新一，《竹取物語》（角川書店，一九八七・八）。
八十、藤井貞和，《王朝物語必携》（學灯社・一九八七・九）。
八一、中野幸一，《竹取物語絵巻 奈良絵本絵巻集》（早稲田大学，一九八七・十一）。

八二、上坂信男，《竹取物語全評釈古注釈篇》（右文書院，一九八八）。
八三、山口仲美，《平安朝の言葉と文体・《竹取物語》《伊勢物語》の言葉》（風間書房，一九九八、初出一九八八）。
八四、松尾聡，《校注竹取物語》（笠間書院，一九八八・一）。
八五、山田忠雄，《竹取翁物語》（武蔵野書院，一九八八・一）。
八六、山田忠雄，《昭和校注竹取物語》（武蔵野書院，一九八八・一）。
八七、中田武司，《竹取物語》（笠間書院，一九八八・一）。
八八、市古貞次，《校注竹取物語》（武蔵野書院，一九八八・一）。
八九、高松宮蔵，《竹取物語》（新典社・一九八八・四）。
九十、鈴木日出男編，《竹取物語伊勢物語必携》（学灯社，一九八八・五）。
九一、片桐洋一，《竹取物語》（和泉書院，一九八八・七）。
九二、長塚杏子，《かぐや姫の反逆》（三一書房，一九八八・七）。
九三、片桐洋一，《竹取物語》（国書刊行会，一九八八・十）。
九四、上原作和，《研究講座・竹取物語の視界・今昔竹取説話は古態を有するか――《竹取物語》の表現構造》（新典社，一九九八、初出一九八九）。

九五、鈴木日出男，《竹取物語・伊勢物語必携》（学灯社，一九八九・四）。
九六、高尾政夫，《竹取物語・伊勢物語新解》（新塔社，一九八九・六）。
九七、東原伸明，《日本文学・竹取物語の引用と差異一〈話型〉のカタドリもしくは旧話型論批判》（一九九〇・五）。
九八、上坂信男校注，《竹取物語全評釈 古註釈篇》（右文書院，一九九〇）。
九九、室伏信助，《王朝物語史の研究・竹取物語の文体形成》（角川書店，一九九六、初出一九九〇）。
一〇〇、奥野光恵，《竹取物語、伊勢物語》（中堂館，一九九〇・一）。
一〇一、志村有弘，《竹取物語》（中道館，一九九〇・一）。
一〇二、芳賀繁子，《日本文学／特集・《竹取物語》の視界・かぐや姫の升天と不死の薬——その白詩受容の可能性》（日本文学協会，一九九〇・五）。
一〇三、尾崎暢殃，《竹取物語全釈》（中道館，一九九〇・七）。
一〇四、西谷元夫，《竹取物語・伊勢物語、方丈記》（有朋社，一九九〇・七）。
一〇五、森田眞由美，《竹取物語》（丘書房，一九九〇・十二）。
一〇六、梅山秀幸，《かぐや姫の光と影》（人文書院，一九九一・六）。

一〇七、柳川創造，《竹取物語》（学校図書，一九九一・八）。
一〇八、藤井貞和，《竹取物語》（新潮社，一九九一・八）。
一〇九、中河与一，《竹取物語》（角川書店，一九九一・八）。
一一〇、岸名沙月，《竹取物語》（くもん出版，一九九一・八）。
一一一、興津要，《竹取物語 少年少女古典文学館》（講談社，一九九一・十）。
一一二、西本鶏介，《かぐやひめ》（ポプラ社，一九九一・十二）。
一一三、梅山秀幸著，《かぐや姫の光と影》（人文書院，一九九一）。
一一四、臼井吉見，《竹取物語》（筑摩書房，一九九二・五）。
一一五、中田剛直，《古本竹取物語》（大修館書店，一九九二・九）。
一一六、益田勝実，《国文学・対談・フィクションの誕生》（学灯社，一九九三・四）。
一一七、渡辺秀夫，《源氏物語と漢文学／和漢比較文学叢書十二・前期物語と漢詩文《漢文述作と物語》——《竹取物語》を中心に》（汲古書院，一九九三）。
一一八、上原作和，《光源氏物語の思想史的変貌——〈琴〉のゆくへ・金剛大士説話と朱雀帝・仲忠、問答体説法の方法について》（有精堂，一九九四）。
一一九、雨海博洋，《竹取物語》（旺文社，一九九四・七）。

一二〇、宮尾節子，《かぐや姫の開封》（思想社，一九九四・十）。
一二一、小嶋菜温子，《かぐや姫幻想―王権と禁忌・もえる不死薬――仁明天皇と道教》（森話社，一九九五）。
一二二、山口敦史，《九州大谷国文二十四・竹取物語の出典としての《南山住持感応伝》について》（九州大谷女子短期大学，一九九五）。
一二三、上坂信男，《古典の水脈》（新典社，一九九五）。
一二四、宮脇紀雄，《竹取物語》（ぎょうせい，一九九五・二）。
一二五、越智俊文，《かぐや姫》（林檎プロモーション，一九九五・六）。
一二六、早野美智代，《かぐやひめ》（小学館，一九九五・八）。
一二七、伊藤秀利，《竹取物語・伊勢物語》（朋友出版，一九九五・九）。
一二八、小嶋菜温子，《かぐや姫幻想》（森話社，一九九五・十一）。
一二九、片桐洋一校注，《竹取物語・他》（《新編日本古典文学全集》小学館，一九九六）底本・古活字十行本。
一三〇、木村晋助，《竹林からかぐや姫》（筑摩書房，一九九六・一）。
一三一、高橋宣勝，《語られざるかぐやひめ》（大修館，一九九六・三）。

一三二、中村和子，《かぐや姫》（勉強出版，一九九六・五）。
一三三、大庭みな子，《竹取物語・伊勢物語》（集英社，一九九六・七）。
一三四、スタジオア，《日本むかしばなし　かぐやひめ》（ぎょうせい，一九九六・十一）。
一三五、迫田綾子，《かぐや姫の入れ歯》（砂書房，一九九六・十一）。
一三六、堀内秀晃校注，《竹取物語・他》（《新日本古典文学大系》小学館，一九九七）底本・武藤本。
一三七、佐竹昭広，《竹取物語》（《新日本古典文学大系》，岩波書店，一九九七・一）。
一三八、朝倉摂，《かぐやひめ》（国土社，一九九七・四）。
一三九、木村裕一，《かぐやひめ》（金の星社，一九九七・九）。
一四〇、小林洋二，《平成のかぐや姫》（新風舍，一九九七・十）。
一四一、俵万智，《日本の古典竹取物語》（新潮社，一九九七・十二）。
一四二、王朝文学研究会，《研究講座　竹取物語の視界》（新典社，一九九八）。
一四三、今西祐行，《竹取物語》（小峰書店，一九九八・二）。

一四四、川端康成，《対訳 竹取物語》（講談社インタナショナル，一九九八・三）。
一四五、川端康成，《竹取物語》（新潮社，一九九八・六）。
一四六、岩崎京子，《かぐやひめ》（教育画劇，一九九八・八）。
一四七、梅沢恵美子，《竹取物語と中将姫伝説》（三一書房・一九九八・八）。
一四八、上原作和，《解釈と鑑賞・絶望の言説――《竹取翁物語》の物語る世界と物語世界》（至文堂，一九九九・一）。
一四九、奥津春雄，《竹取物語の研究――達成と変容・蓬萊の玉の枝考》（翰林書房，二〇〇〇）。
一五〇、奥津春雄，《竹取物語の研究――達成と変容・阿部御主人の人間像――火鼠の裘の成立》（翰林書房，二〇〇〇）。
一五一、室伏信助，《竹取物語／角川文庫ソフィア》（角川書店，二〇〇一）。
一五二、増尾伸一郎，《万葉歌人と中国思想・《空を飛ぶ薬》考》（吉川弘文館，一九九七）。
一五三、奥津春雄，《竹取物語の研究――達成と変容・蓬萊の玉の枝考》（翰林書房，二〇〇〇）。

一五四、奥津春雄，《竹取物語の研究》（翰林書房，二〇〇〇）。
一五五、静岡市立登呂博物館，《竹の民俗誌：静岡、竹のある暮らし再発見》，二〇〇三。
一五六、関根賢司、高橋亨，《新編竹取物語》（おうふう，二〇〇三）。
一五七、繁原央，《日中説話の比較研究》（汲古書院，二〇〇四）。
一五八、石澤小枝子，《ちりめん本のすべて》（三弥井書店，二〇〇四）。

日文現代用語翻譯本

一五九、西條八十文、織田觀潮繪，《かぐや姫：竹取物語》（大日本雄辯會講談社，一九三九）。
一六〇、星新一訳，《竹取物語》（角川書店，一九八七）。
一六一、田辺聖子著，《竹取物語・伊勢物語》（学習研究社，一九八二）。
一六二、倉橋由美子著，《大人のための残酷童話・かぐや姫》（新潮社，一九八四）。

外國語文翻譯本

英文翻譯

一六三、*Princess Splendor: the wood-cutter's daughter.* E. Rothesay Miller, Tokio, T. Hasegawa, 1895.

一六四、*The old bamboo-hewer's story=Taketori no okina no monogatari.* Dickins, F. Victor, London,Trubner, 1888.

一六五、《対訳竹取物語》（英題*The tale of the bamboo cutter.*），川端康成訳，ドナルド・キーン英訳，講談社インターナショナル，一九九七。

一六六、*The child in the bamboo grove.* Rosemary Harris, [London], Faber and Faber, [1971].

印度文翻譯

一六七、《竹取物語：現代日本語・ヒンディー語訳》，秋山虔監修，芳賀明夫訳，大澤和泉画，ハガエンタープライズ，二〇〇四。

德文翻譯

一六八、《竹取物語：独訳Die Geschichte von Taketori》，クロチルデ・プッチエル，伊東勉共訳，大学書林，一九三六。

俄文翻譯

一六九、*ДВе СТарИННЫе ЯПОНСКИе ПОВеСТИ*. Верь МаркОВОй, МоскВа, Худож. ЛиТ-ра, 1976.

羅馬尼亞文翻譯

一七〇、*Frumoasa Otikubo*. Alexandru Ivanescu, Bucuresti, Editura Univers, 1986.

義大利文翻譯

一七一、*Storia di un tagliabambu/Anonimo*. Adriana Boscaro, Venezia, Marsilio, 1994.

西班牙文翻譯

一七二、*El cuento del cortador de bamboo*. Kayoko Takagi, Madrid, Trotta, 2002.

法文翻譯

一七三、*Le Conte du coupeur de bambous*. Rene Sieffert, [Paris], Publications orientalistes de France. 1992.

中文翻譯

一七四、豐子愷譯，《落窪物語》（含：竹取物語、伊勢物語、落窪物語）（北京：人民文學出版社，一九八四）。

漫畫

一七五、松本零士著，《一〇〇〇年女王：新竹取物語》（サンケイ出版，一九八一）。

戲劇

一七六、坪内逍遥著，《新曲赫映姫》（早稲田大学出版部，一九〇五）。

歌舞伎

一七七、日本放送出版協会編，《市川猿之助と二十一世紀歌舞伎組：Passion》（日本放送出版協会，一九九七）。

一七八、横内謙介作，《カグヤ：新竹取物語》（モーニングデスク，一九九六）。

電影

一七九、《竹取物語：シナリオ写眞集　市川崑監督作品》（東宝出版事業室，一九八八七）。

謠曲

一八〇、〈田中允編耀姬〉（《未刊謠曲集》十九，《古典文庫》，一九七二）。

附錄

斑竹姑娘

（中日文版）

斑竹姑娘

田海燕 編

在金沙江的左岸，有一塊風景美麗、氣候溫和的地方，種稻子，稻子結成金珠穗串；種麥子，麥子也結成金珠穗串。這地方的人，除了播種稻麥之外，還喜歡種竹子。那竹子的種類，可就說不清啦，什麼金竹、慈竹、水竹、楠竹，種得滿山滿谷，其中數楠竹最受人們喜愛。這楠竹，長得比筆直的楠木還高，枝葉稀稀疏疏，身幹又大又直，只消一兩年，竹竿就長得很結實，人們砍下來造房子、搭竹轎、抬東西，沒一樣不恰到好處。

竹娘（たけむすめ）

君島久子 訳

金沙江のほとりに、景色のうつくしい、気候のおだやかなところがあった。稲をつくれば、金色の穂がたわわにみのり、麦をまけば、麦の穂もずっしりとみのった。

ここに住む人びとは、稲や麦のほかに、竹をつくることが、このほか好きだ。その竹の種類などは、言いつくせないほどたくさんある。金竹、慈竹、水竹、梅竹、（楠竹？）など、山と谷をいちめんうずめつくして生えていて、なかでも楠竹が、いちばん人びとに好まれた。

この楠竹は、すっくりと立つ楠よりも、まだ背が高く、枝葉はまばらで、幹はふとく、まっすぐで、一、二年もすれば、がんじょうになる。

人びとは、この竹を切って家をつくり、竹の橋をかけたり、ものをかつぐのに用いたりしたが、なんにでも、うまく用いることができるのだった。

所以，從生筍到成竹，人們都很愛它。雖然都知道這種竹筍是最好吃的東西，也可以運出去賣好價錢，可誰也捨不得動手拔筍。

有一戶窮人家，住在金沙江南岸的陡岩邊，屋背後有二十多丈寬的一塊土地，幾代人傳下來一座竹林。這家人的老媽媽和一個十來歲的朗巴，把這座竹林當成性命一樣培植，特別是對楠竹，更照護得無微不至。兩母子儘管吃食不夠，但也不肯砍一根竹筍充飢。那些楠竹，好像也通人性，使勁長得枝秀幹粗，生怕長慢了，會辜負主人的好意似的。

だから、たけのほがはえてから、すっくりとのびて竹に育つのを、人びとは大切にかわいがってまもっていた。このたけのこが、とてもおいしいものだとは、もちろん知っていたし、運び出せば、いい値で売れることも知ってはいたが、誰も、たけのこをぬきとろうとはしなかった。

ある貧しい家族が、金沙江な南岸のがけっぷちに住んでいた。家の裏手にほ、二十丈（訳注：二十方丈のことであろう。一丈は十尺）あまりの広さの山地があって、そこに、代　育ててきた竹林があった。

この家には、年老いた母親と、十あまりのランパという男の子がいたが、二人は、この竹林を命と同じように大事に育ててきた。なかでも、楠竹に対しては、いたれりつくせりのめんどうをみた。この母子は、食べるものも満足になかったが、たけのこをとって食べようとはしなかった。楠竹も人の気持ちが通じたかのように、すくすくとのびて、太くたくましくなり、主人の好意に報いるかのようだった。

但是，禍事飛到竹林來了。

管轄這一帶地方的土司（古代授與少數民族首領的一種世襲官職），住在寨子裡盡打發財的主意。有一天，他差人傳令金沙江兩岸的百姓，要買所有竹林的筍子。於是，不管百姓們願不願意，就用最低的價錢把筍子買下來了。

說的是買筍子，可他並不砍筍子。

土司為什麼不砍筍子呢？他想販筍出賣的利益不大，就命令百姓給他照數看守，等兩年過後，那些筍子全長成竹林了，他才派人砍下，紮成竹筏，從金沙江流放出去變賣。老百姓吃盡了苦頭，他卻用一個本錢賺了一百個利錢。

ところが、わざわいが、この竹林に舞いこんできた。このあたり一帯をおさめている領主が、村人のもちものを、ことごとくまきあげてしまおうとたくらんだのだ。

ある日、領主は使いをよこして、金沙江のほとりの人びとに、たけのこをのこらず買い上げるという命令を伝えてきた。人びとが願うと願わざるとにかかわらず、とるに足らぬねだんで買い取るというのだった。

口では、たけのこを買う、といいながら、かれはけっしてたけのこを取ろうとはしなかった。

どうして領主はたけのこを切らないのだろうか。それは、たけのこを売って手にする利益はしれたもの。切らずにそのまま村人たちに育てさせ、二年後になって、すっかり成長し、立派な竹材となったところで、人をやって切らせ、竹をいかだに組んで金沙江の流れをくだり、売りに出そうと考えたのだ。人びとはいつも苦しみをなめ、かれは一つの手元で百のもうけをするというくるしみである。

故事裡講的這戶窮人家，因為有屋背後那片竹林，當然也逃不脫土司的魔爪。兩母子儘管在土司派來的兵士面前磕頭求情，也沒法保住筍子，還一樣要給他照看竹林，因為筍子點了數，將來如果短少一根，不是照筍價賠償，而是照竹價賠償的。

拿什麼賠呀？這戶窮人家的兩母子，只好忍著眼淚，餓著肚子，看著楠竹一天一天向空中長去。楠竹越長得好，兩母子就越傷心，淚也流得越多。

但是，奇怪的事發生了。這兩母子流出一顆淚珠，那原來是灰色的竹竿上，就生出一塊斑點，淚珠越滴越多，楠竹的斑點也越長越多，好像是畫家畫上去的一樣。

その貧しい家でも、裏に竹林があったから、むろんのこと、領主の魔手から逃れるすべはなかった。母子は、領主からつかわされた役人の前に頭をすりつけて、ひたすら頼みこんだが、むだであった。それどころか領主のために、竹林のめんどうをみよ、いつもたけのこを数えておけ、一つでもたけのこがなくなれば、それは、たけのこの値でなく、竹の値で弁償せよ、というのであった。

なにをもって弁償せよというのか。この貧しい母子は、じっと涙をこらえ、ひもじさに耐えて、楠竹が、日に日に空に向かってのびてゆくのをながめているほかはなかった。楠竹が育ってゆくにつれ、母子の悲しみも深まり、流す涙も増していった。

ところが、ふしぎなことがおこったのだ。この母子の流した涙が、ひとしずく、竹の上におちると、そこに斑点ができた。涙をはらはらとおとすごとに、この斑点もますます多くなって、ちょうど、画家が画にかいていくようであった。

有一根秀勁的楠竹，斑點長得很多，很好看，但長到和朗巴一般高的時候，就只長身幹和枝葉，再也不肯向上長了。

朗巴天天到竹林裡去哭，也天天去比那根楠竹，楠竹總是和他一般高，只是身幹和枝葉上隨著他的淚珠增長著美麗的斑點。

過了一年，竹林長成，土司派人砍楠竹來了。朗巴和媽媽，流淚看著楠竹一根一根地被砍倒，像針刺著心肝，媽媽支持不住，幾次昏了過去。

當土司派來的人要動手砍那根和朗巴一般高的楠竹的時候，媽媽跪在土司派來的人面前哀求道：

その中に一本のすぐれた楠竹があった。それは斑点も多く、とても美しかったが、ランパの背丈と同じほどにのびたとき、竹はもう上へ向かって、のびようとはしなくなった。

ランパは、くる日も、竹林へいっては泣いた。そのたびごとに、楠竹と背をくらべてみたが、竹はいつもランパと同じ高さのままで、幹や枝葉についたかれの涙のあとが、美しい斑点となって増していった。

一年がすぎて、竹林は見事に育った。領主は竹を切るために人をつかわした。ランパと母親は、楠竹が、一本一本切り倒されていくのを、涙ながらにみまもっていった。胸に針をさされる思いで、こらえきれず、母親は、なんども目まいをおこした。

領主のつかわした役人が、ランパと同じ高さの楠竹を切ろうとしたとき、母親はこの人の前にひざまずいてたのんだ。

「這根楠竹長得很矮，你們砍去沒用，請免了吧。」

土司派來的人，對那根矮楠竹看了看，說：

「用是沒用，可這根竹子是土司的，怎能不砍？」

於是，他們舉刀就砍竹根，媽媽奔上去，拉著那些人的手，被他們砍傷了手指，血濺到那根楠竹上，她就昏過去了。

朗巴把媽媽喚醒過來，那些人已經砍完了楠竹，扛著下河去了。

朗巴扶了媽媽進屋休息，趁土司派來的人沒注意，抱著和他一般高的那節楠竹向陡岩走去，一下子拋在回水沱（打著漩渦的深淵）裡。

「この竹は、まだこんなに低くて、お切りになっても、使い道がありません。どうぞお助けを」

役人は、低い楠竹をみつめながらいった。

「使うことはできないにしても、この竹は領主のものだ。切らずにおくわけにはいかぬ。」

かれらは、刀をふりあげると、この竹に切りつけた。母親はとびついてその手をひきとめようとしたが、かれらに指を傷をつけられ、血を竹の上にしたたらせて、気を失ってしまった。

ランパは、母を助けて家の中で休ませておいてから、役人のすきをみて、あの背の低い楠竹をかかえて、がけっぷちにいき、淵の中へ投げこんでかくした。

土司派來的人，因為扛楠竹累了，誰也沒注意到這節楠竹的下落。等他們走了，朗巴才溜到岩邊去看，那節楠竹還在回水沱裡，跟著漩渦打轉轉，一會兒漂到河中，一會身又漂到岩腳，總不肯隨波逐流而去。

朗巴趕緊拔了幾根葛藤，搓成繩子，一頭牢結在岩邊的朝天石上，然後沿著繩子，像猴子下河喝水似的，降到人跡不到的岩腳水邊，右手抱緊葛繩，左手一伸，把那節楠竹撈住了。

楠竹是撈住了，可是朗巴一隻手攀繩，怎能上得陡岩呢？就是大人也很困難，朗巴只不過十來歲啊。

役人たちは、あくせくと竹を運んでいたので、誰もこの楠竹の行方に、気づかなかった。かれらが立ち去ってしまうのをみとどけると、ランパは、ぱっとかけだして、がけのところに見にいった。あの竹は、まだ淵の中で、うずまきにのり、ぐるぐるとまわっている。川中に漂い出るかと思うと、またがけぎわにただよいつき、波におし流されるのをこばんでいるかのようであった。

ランパは数本のつるをひきぬいて綱をあみ、綱の一方を、がけの石にしっかりと結びつけ、その綱をつたわって、猿が水を飲みにおりるようにすべりおり、まだ人のおりたことのない岩壁まですべりおりると、右手でしっかりと綱につかまり、左手をのばして、楠竹をすくいあげた。

竹はすくいあげたが、ランパの片手は綱をつかんでいる。どうやって、がけをよじのぼったれいいだろう。

但是，困難嚇不住他，朗巴兩腳一絞，夾住葛藤，趕緊用雙手將葛藤的這一頭把楠竹拴在背上，然後騰出雙手，一攀一挪地上岩來了。

朗巴剛上岩口，就累倒在地上，沉睡不醒。

隔了好些時候，朗巴被一陣哭聲驚醒，睜眼一看，他的媽媽正對著那節楠竹發呆。

怎麼回事，哭的不是他媽媽，哭聲是從楠竹裡發出來的。

おとなさえも、困難なのに、かれはまだ十歳余りの子どもだ。だが、困難にひるむランパではなかった。かれは、両足で綱をはさむと、いそいで両手で綱のはしでもって竹を背中にくくりつけた。そうしてあいた両手をのばして、一歩一歩がけをよじのぼっていった。

ランパは、がけをよじのぼると、地面にばったり倒れて、そのまま眠りにおちた。

ややしばらくたったころ、ランパはふいに泣き声に目をさまされた。目をあけてみると、母親が、楠竹に向かって、ぼんやりしているではないか。

いったいどうしたというのだろう。泣いているのは、母さんではない。泣き声は竹の中から聞こえてくるのだ。

朗巴抱了楠竹回家，小心劈開楠竹一看，竹筒裡竟有一個漂亮的女孩，媽媽樂得忘去了憂愁，趕緊抱在懷裡，朗巴轉身去取馬奶餵她。可是，事情變化得非常奇妙，那女孩見風直長，等到朗巴取了馬奶回來的時候，她已經長得和他一般高大，媽媽也抱不住她了。

朗巴和媽媽，對這件事情雖然驚異，但一點也不懷疑她是什麼妖精，倒認為是天女下凡，把她叫做斑竹姑娘，留在家裡，一家人過著快樂的生活。

從此以後，媽媽管家務，朗巴和斑竹姑娘種地、澆竹林，還時常一起上山打獵。

ランパは、その竹をかかえて家に帰り、そっと竹をさいてみると、中にうつくしい女の子がいた。母親は嬉しさのあまり、なにもかも忘れて、急いでその子をふところに抱きかかえた。ランパは、くるりと身をかえして、その子にのませるための馬に乳をとりに走った。

ところが、奇妙なことが起こった。その子は、みるみる大きくなって、ランパが乳をもってもどってくると、かの女は、もうランパと同じ背丈になっており、母親も抱いていることができなくなってしまった。

ランパと母親は、この出来事にびっくりしたけれども、この娘が妖精などとはすこしも疑わず、むしろ天女が天降ったものと考え、娘を「竹娘」と呼んで、家に住まわせ、一家は楽しい生活を送った。

それからのちは、母親が家の仕事をして、ランパと娘は、畑をつくり、竹林に水をそそぎ、いつもいっしょに山へ狩りにいった。

日子過得快，朗巴和斑竹姑娘也長得快，男的像山鷹一樣英俊，女的像牡鹿一樣美麗。男的唱歌像金沙江流水那麼婉轉而又雄渾，女的唱歌像百靈鳥那麼清脆而又迷人。山光水影，處處閃耀著這兩支鮮花，媽媽也常常笑得從夢中醒來。有一天，她拉著斑竹姑娘的手說：

「娘像女兒一樣疼妳，妳就嫁了朗巴，永遠不要離開我吧。」

斑竹姑娘打著銀鈴一般地哈哈說：

「好是好，但是要等三年。」

為什麼要等三年呢？

日はとぶようにすぎて、ランパと娘は大きくなり、男は山鷹のように雄　しく、女は牡鹿のように美しく成長した。男の歌声は、金沙江の水の流れのようにゆうゆうと力づよく、女の歌声は、ひばりのように澄みわたり、聞く人をうっとりさせた。美しい自然の景色の中でゆらいでいるこの二つの花をながめて、母親はいつも幸せに夢心地であった。

そしてある日、かの女（母？）は娘の手をひっぱっていった。

「母さんは、ほんとうの娘のようにおまえがいいとしいのだよ。おまえが、ランパの嫁になって、いつまでもわたしからはなれないでおくれ。」

娘は、鈴をふるような声で、ホホと笑いながら、

「ええ、いいことはいいのですが、でも、三年待ってくださいな。」

なぜ三年待つ必要があるのだろうか。

原來有這麼一回事。那個横暴的土司死了，土司的兒子交了四個朋友——一個是商人的兒子，一個是官家的兒子，一個是驕傲自大的少年，一個是膽小而又喜歡吹牛的少年。

這五個人都有錢有勢，但誰也沒有真正的學問和本領，他們只是乘著肥馬，穿著輕裘，天天遊山玩水。

有一回，他們遊玩到朗巴屋前的江邊來了。他們看了回水沱，又看回水沱上的陡岩，正在對著險境讚嘆的時候，忽然聽到銀鈴般的姑娘笑聲，從竹林中傳來。

他們偷偷向竹林裡一望，看見斑竹姑娘和媽媽在給楠竹澆水。

それにはつぎのようなわけがあった。あの横暴な領主は死んで、その息子は四人の友だちとつきあっていた。一人は商人の息子、一人は役人の息子、一人は傲慢な少年、一人は、おくびょうでほらふきの少年である。

この五人は、いずれも金持ちで勢力があったが、誰もほんとうの学問や能力はもっていない。ただ肥えた馬にのり、やわらかい着物をきて、毎日遊びまわっているだけなのだ。

ある時、かれらは遊びのみちすがら、ランパの家の近くの川辺を通りかかった。かれらは、水の流れをながめたり、きりたつ岩をながめなどして、見事なけしきにみとれていた。その時、ふいに、鈴をふるような笑い声が、竹林の中から聞こえてきた。

少年たちが、こっそり竹林の中をうかがうと、竹娘と母親が、楠竹に水をやっているのがみえた。

斑竹姑娘像鮮花一般的笑容，驚得他們都吐著舌頭，像狗一樣直流饞涎，半天也縮不回去。

糟糕的是，這時候，朗巴找親戚去了，要三天才能回來。

而更糟糕的是，這五個傢伙仗著地位和權勢，竟然走進這戶窮人家，一個個爭著向她求婚。

朗巴媽媽恐慌得很，憂愁得不知用什麼辦法對付。

斑竹姑娘卻笑著對媽媽說：

「不要緊，讓我對付他們。」

斑竹姑娘大大方方地走來，對土司的兒子說：

「聽說什麼地方，有一口打不破的金鐘，你能在三年內取了來，我答應嫁給你，但過了三年就無效了。」

竹娘の花のような美しさに、かれらはびっくりして舌を出し、犬のようによだれを流し、半日も立ち去れないでいた。

運の悪いことに、この時、ランパは親戚へ出かけて、三日たたぬと帰ってこられなかった。

その上まずいことに、この五人が、地位と権威をかさに着て、あろうことか、この貧乏人の家にのりこみ、われがちにと、竹娘に結婚の申しこみをしたのだ。

ランパの母親は、びっくりして、どうしていいものやら、けんとうもつかない。ところが竹娘は、にっこりして、

「ご心配なく。わたしに、おまかせください。」

と、母親にいうと、おちつきはらって、少年たちの方へ歩みより、まず領主の息子に向かっていった。

「きけばどこかの地に、打っても割れぬ、金の鐘があるそうですね。それを三年のうちに手に入れてきてくださったら、あなたのところへお嫁にいきます。でも、三年すぎればだめですよ。」

土司兒子仗著自己有勢，認為天下沒有辦不到的事情，就發了誓，騎馬走了。

斑竹姑娘掉頭對商人的兒子說：

「聽說什麼地方，有一株打不碎的玉樹，你能在三年內取了來，我答應嫁給你，但過了三年就無效了。」

商人兒子仗著自己有錢，認為天下沒有辦不到的事情，就發了誓，騎馬走了。

斑竹姑娘又對官家的兒子說：

「聽說什麼地方，有一件燒不爛的火鼠皮袍，你能在三年內找了來，我答應嫁你，但過了三年就無效了。」

領主の息子は、自分の勢力をかさにきて、天下にできないことはないと、うぬぼれていたので、すぐさま、実行することを誓い、馬に乗って立ち去った。

娘は商人の息子の方へふり向いていった。

「打ってもくだけぬ玉樹が、どこかにあるそうですね。三年以内にとってこられたら、あなたのお嫁になりましょう。でも、三年すぎればだめですよ。」

商人の息子は、自分が金持ちであることをかさにきて、天下にできないことはないと、うぬぼれていたので、すぐさま、実行することを誓って、馬に乗り、立ち去っていった。

娘はまた役人の息子にいった。

「どこかに、焼いてもくずれぬ、火鼠の皮衣があるそうですね。三年のうちにさがしてくることができたら、あなたのお嫁になりましょう。でも、三年すぎたらだめですよ。」

官家兒子仗著自己手下人多，認為天下沒有辦不到的事情，就發了誓，騎馬走了。

斑竹姑娘又對那個驕傲自大的少年說：

「聽說什麼地方的燕子窩裡，有個金蛋，你能在三年內找了來，我答應嫁你，但過了三年就無效了。」

那個驕傲自大的少年，認為自己有蓋天的本領，哪有辦不到的事情，也發了誓，騎馬走了。

斑竹姑娘對最後一個膽小而又喜歡吹牛的少年說：

役人の息子は、手下をおおぜいもっていることをかさにきて、天下にできないことはないと、うぬぼれていたので、すぐさま実行することを誓って、馬を走らせていった。

娘はまた、傲慢な少年にいった。

「聞けばどこかの地のつばめの巣に金の卵があるそうですね。三年のうちにさがしてこられたら、あなたのお嫁になりましょう。でも、三年すぎればだめですよ。」

傲慢な少年は、自分がすばらしい天分をもっていると思い、天下にできないものはないと、うぬぼれていたので、すぐさま実行すると誓いをたて、馬にのって出かけていった。

娘はさいごに、おくびょうでほらふきの少年に向かっていった。

「聽說什麼地方的海龍頷下，有一個分水珠，你能在三年內取了來，我答應嫁你，但過了三年就無效了。」

那個少年膽子特別小，聽說海龍就很害怕了，但卻要吹牛，說：

「這有什麼困難。」

他說完話，也發了誓，騎馬走了。

三天以後，朗巴回來了，聽媽媽說了這事，便滿面憂愁地問斑竹姑娘道：

「我不能沒有妳，要是他們有一個或者幾個都找來了那些寶貝，妳一人能嫁幾人？」

「聞けば、どこかの地に海竜の首の分水珠（訳注：海竜の首についている分水珠。分水珠は、水を分けて水中に入ることのできる珠。）があるそうですね。それを三年のうちにとってこられたら、あなたのお嫁になりましょう。三年すぎたらだめですよ。」

その少年は、肝っ玉が特別小さかったので、海竜ときただけで、こわくなったが、わざとほらをふいて、

「いや、そんなことなんでもありませんよ。」

といいきると、実行すると誓いをたて、馬にのって出かけていった。

それから三日ののち、ランパが帰ってきた。母親からわけをきくと、ランパは憂いに顔をくもらせて、娘にたずねた。

「おれは、おまえを失うことはできない。もしも、やつらのうちの誰かが、あるいは何人かが、その宝物をさがしてきたら、どうするのだ。一人で、何人もの嫁になれるのか。」

斑竹姑娘溫柔地答道：

「我要嫁的只有你，他們沒有一個能夠取寶來的。」

朗巴半信半疑地望著她，她安詳地笑著叫他放心。

那五個想吃天鵝肉的癩蝦蟆，跳到哪裡去了呢？

先說取金鐘的土司兒子。

他一打聽，才知道緬甸果然有口金鐘，是邊疆的警鐘，並有雄兵日夜看守著，哪裡是土司兒子的權勢能夠取來的？這傢伙又很懶惰，做一點點事情就嫌麻煩，怎肯去做明知辦不到的事呢？

娘は、にこやかに答えた。

「わたしが、お嫁になりたいのは、あなただけです。あの人たちは、一人も宝物をとってくることはできませんよ。」

ランパは、半信半疑で、かの女をみやったが、かの女はゆったりとほほえみかけて、ランパをほっとさせた。

五人は白鳥の肉を食べたがるガマのようだ。いったいどこへとび出していったものやら。

まず、金鐘をとりにいった、領主の息子について話そう。

かれは、やっとのこと、ビルマに金鐘があることを知ったが、これは辺境を守る警鐘であり、勇士が日夜見守っている。これでは、領主の息子の権勢をもってしても、とってくることはできない。それにこの若者は、たいそう怠け者ときており、どんなささいなことにもめんどうくさがる。だから、明らかにできないとわかっていることなど、しようはずもない。

但是，他對美麗的斑竹姑娘不肯放手，就假裝說是去取金鐘，溜到深山裡的一座廟裡，偷了一口銅鐘回來，鍍了金，親自送到斑竹姑娘面前，訴說自己辛苦取寶的經過，一心想騙斑竹姑娘的芳心。

斑竹姑娘笑著取出一把鋒利的槌子，當著土司兒子的面，向那鍍金的銅鐘一戳，金箔脫落，銅鐘被戳了一個大洞，土司兒子沒有說話，羞得急忙上馬逃走，斑竹姑娘把銅鐘扔出門去。

だが、かれは、美しい竹娘のてまえ、ほったらかすわけにもいかないので、金鐘をとりにいったふりをして、山奥のとある廟にゆき、銅鐘をぬすんできて、金のメッキをほどこし、自ら竹娘の面前へ、運びこんだ。そして、自分がいかに苦労して、この宝物をさがしてきたかを物語り、ひたすら竹娘の気に入るようにつとめた。

娘はほほえみをうかべて、するどい錐をとり出すと、彼の目の前で、銅鐘をひとつきした。金箔がはがれおちて、銅鐘に穴があいた。

領主の息子は、ものもいえず、恥ずかしさのあまり、あわてて逃げだし、娘は、銅鐘を、戸口へ放り出した。

想取玉樹的商人兒子呢？他也打聽到確實有一株玉樹，生長在通天河上，但他不肯跋山涉水去吃苦頭，就假裝說是去取玉樹，走到北方，招了幾個手藝高超的漢人工匠，用碧綠的上等玉石，雕鏤成一座和通天河上一樣的玉樹，用旃檀木做成精緻的匣子裝好，親自送到斑竹姑娘面前，訴說自己取寶的經過，一心想騙得斑竹姑娘的愛情。

斑竹姑娘見這株玉樹，的確又美麗、又貴重，便盤問他取寶的一些細節。

玉樹を取りにいった商人の息子はというと、かれも、たしかに一株の玉樹が、通天河のほとりに、はえているときいた。だが、山野をさがし歩いて苦しみをなめるのはいやなので、わざと玉樹をとりに行くといつわって、北方へでかけた。そして、腕のたつ漢人の工匠（細工師）を数人やとって、碧緑の上等な玉を用いて、通天河の玉樹と同じようなものをつくらせた。それを栴檀の木でつくった立派な箱におさめて、竹娘の面前に運びこみ、この宝物をとりにいってきたいきさつをのべて、ひたすら娘の愛情に訴えようとした。

娘がこの玉樹をみると、たしかに美しく、貴重なものと思えたので、この宝物をさがしてきたいきさを、ことこまかに問いただした。

他正在說得熱鬧，忽然看見斑竹姑娘的臉上露出笑容，以為她一定嫁給自己了，也得意地笑得合不攏嘴。

但是，斑竹姑娘卻突然問道：

「你背後跟的什麼人？」

商人的兒子猛地轉過身去，看見跟來的是那個給他雕鏤碧玉樹的漢人工匠，窘得臉色一下變白了。

那幾名漢人工匠，上前拉住他，責備他為什麼臨走時不付工錢。斑竹姑娘鄙夷地冷笑著說：

「你，為什麼騙我也騙漢人工匠？」

かれは語りはじめた。いままさに物語がたけなわというとき、ふと、竹娘の顔に笑いが浮かんだ。ころをみて商人の息子は、しめた、かの女はきっと自分のものになるぞと、心のうちに思い、とくいになって、思わずにやりとして、くちびるもあわないありさまだ。

と、ふいに娘がたずねた。

「うしろに来ているものは、どういう方たちですか。」

はっとふりかえってみると、そこにいるのは、かれが玉細工をたのんだ、あの数人の工匠たちだったので、さっと顔色が青くなった。

工匠たちは、すすみでて、かれをおとりおさえ、なぜ立ち去るとき、賃金を払わなかったのかとせめたてた。

竹娘は、けいべつしたように冷笑し、

「あなたは、なぜ、わたしや、工匠をだましたのですか。」

商人的兒子被責問得沒說話，抱著玉樹就想上馬逃走，被那幾個漢人工匠拉著手，把玉樹打碎，然後扭著走了。

官家的兒子呢?自己動身去尋找火鼠皮袍，從西藏問到四川，沒有找著。

一年過去了，第二年的冬天，他才在松藩，聽人說在終年積雪的深山裡的一座古廟中，似乎有一件火燒不爛的火鼠皮袍。

官家兒子找了很久，雪山是找到了，可是找不到那座古廟。他又耐心地在雪山探尋，還是找不到古廟，只是一個山頂上，找到了一堆碎瓦頽垣。

商人の息子は、答えることもできず、玉樹をかかえて、すぐ逃げ出そうと思ったが、工匠たちに手をひっぱられ、玉樹をうちくだかれて、よろよろと立ち去っていった。

役人の息子は、自分で腰をあげ、火鼠の皮衣をさがしに出かけ、チベットから四川まで、たずねあるいたが、さがしあてることはできなかった。

一年がすぎ、二年目の冬になって、かれはやっと松藩で、万年雪の深山にある古い廟に、火鼠の皮衣があるらしいということを耳にした。

役人の息子は、ながいことかかって、雪山をさがしあてたが、その廟はみつからなかった。かれはまたしんぼうして雪山をさがしあるいたが、やはりさがしあてることはできず、ただ山頂に、くずれかけた垣根やがれきをみつけただけであった。

但出乎意外，在碎瓦頹垣裡發現了一個石匣，費了很大氣力，打開石蓋，裡面有一個黃緞子包裹。打開包裹，居然有一件火紅色的鼠皮袍子。官家兒子高興極了，以為這就是火鼠皮袍，急忙包好趕回去，親自送到斑竹姑娘面前，訴說自己尋寶的路徑和細節。他說到得意處就縱聲大笑，說到遇險處，竟流出淚來了，好像為了她，他幾乎把性命都拋了。

斑竹姑娘望著鼠皮袍子，聽他說完了話，就燒起一堆松柴，她把那件鼠皮袍子投進火裡，一陣皮毛焦味，刺得兩人直打噴嚏。不消說，鼠皮袍子已經燒成灰燼了。

ところが意外にも、このがれきの中から石箱を発見したのだ。力いっぱいふたをあけてみると、中に黄鍛子の包みが入っていた。包みをあけると、はたして、まっかな鼠の皮衣があった。かれはうちょうてんになって、これこそ火鼠の皮衣だと思い、ていねいに包むと、急いでとび帰って娘の目の前へさし出した。

そして、自分が、どのようにして宝をさがしだしたかを、くわしくものがたった。話がのってくると、かれは大声で笑い、危険なところへくると、ついには涙までながして、いまにもかの女のために、命をなげだすかのようであった。

竹娘は、その鼠の皮衣をみやりながら、かれの話を聞きおわると、たきぎをもやし、その火の中に皮衣を投げ入れた。皮衣からは、ひとしきりきなくさい臭いがして、二人は、たてつづけにくしゃみをした。鼠の皮衣が、焼けて灰になってしまったのは、いうまでもない。

斑竹姑娘鼻下裡哼了一聲，官家兒子低著腦袋，出門上馬跑走了。

那個自以為有蓋天本領的驕傲少年呢？倒真正動身尋找燕窩的金蛋去了。

他帶著一群手下人，挨門挨戶去翻從南邊來築在人家簷下的燕窩，搗毀了無數燕窩，打破了很多燕蛋，弄得那些嬌小的燕子爸爸和燕子媽媽，繞著屋梁亂飛，守著破巢悲鳴。他也始終找不出哪個燕窩會有金蛋。

慈善的人看得傷心，正直的人看得發怒，一個少年，看不順眼，指著山上的一座摩天台，騙他說：

竹娘が、ふんと鼻をならすと、役人の息子は、しょんぼりと首うなだれ、外へ出ると、馬に乗って逃げていった。

あの、すぐれた能力があるとうぬぼれていた傲慢な少年はというと、自らうばめの巣の金の卵をさがしに出かけていった。

かれはおおぜいの手下をひきつれて、つばめが南からやってきて人家の軒下につくった巣を、軒なみにひっくりかえしてあるき、数多くのつばめの巣をつきこわし、たくさんの卵をうちわった。あわれなつばめの親たちは、おどろいて、きちがいのように軒をめぐってとびまわりながら、こわされる巣をみまもって悲しい鳴き声をあげている。かれはとうとうどの巣からも金の卵をみつけ出すことはできなかった。

それをみて、情け深い人は心を痛め、まっすぐな人は怒りをおぼえた。ある一人の少年が、みるにみかねて、山の上の摩天楼を指さし、でまかせをいった。

「摩天台的畫梁上，有個燕窩，那窩裡就有金蛋。」

他也不問是真是假，就帶人到摩天台去了。

摩天台有一百零八丈高，那畫梁自然也高一百零八丈。他抬頭一看，那上面果然有一對燕子，築了一個燕窩，便叫手下人想法子上去掏窩，可是手下人盡都對這麼高的畫梁縮起頭，吐著舌頭。

他一面破口亂罵，一面叫手下拿根繩子，一頭結上小鐵錘，然後挽成活纜執在手上，甩幾甩結了小鐵錘的那一頭，一下子把繩子擲繞畫梁，慢慢鬆開手執的繩子，讓小鐵錘墜下繩子，再取下小鐵錘，繫上一個桶子，自己坐在桶子裡，就命令手下人說：

「摩天楼の梁の上に、つばめの巣があるんだ。その巣の中に、金の卵があるよ。」

それをきくと、かれは、うそかまことか問いただしもせずに、人をひきつれやみくもに摩天楼へと出向いていった。

摩天楼は、百八丈の高さがあった。その梁も、当然百八丈の高さがある。かれは、顔をあげて見上げると、はたしてそこに、つがいのつばめがいて、巣ができているではないか。そこで、なんとかてだてを考えて、その巣を手下にとりにいかせようとした。だが、手下は、この高い梁を仰ぎみて、誰もかれも首をすくめ、下を出すばかりである。

かれは、口ぎたなくののしりながら、手下に綱をもってこさせ、その一方のはしに、かなづちを結びつけた。それから、たぐりよせて、かなづちを結びつけた方をなんどかふりまわし、ぱっと梁にかけると、手にした方の綱を、じょじょにゆるめて、かなづちの方を下におろした。そして、かなづちをとりはずすと、こんどは、桶をくくりつけ、自分がその中に乗りこみ、手下に命令した。

「你們這群無用的懶牛，使勁拉那一頭繩子吧！」

他的手下人，見他這個辦法不錯，就拉著沒結桶子的那頭繩子，拉一丈，桶子上升一丈，拉十丈，桶子上升十丈，他在桶子裡得意非常，直催手下人快拉。

就這樣一邊拉，一邊升，升到一百丈，桶子開始搖晃了，升到一百零七丈，桶子搖晃得更厲害了。

梁上的燕子明白是禍事來了，保護子女的天性，激得牠們先繞著桶子悲鳴，然後被他捉到手裡掐死了，剩下那隻雌燕，拚命衝到他的臉上，沒等他伸手捉住，一嘴把他的眼珠啄破了。

「おまえら役立たずの怠け牛め、その綱のはしを、力いっぱいひっぱれえ！」

手下どもは、このやり方をまちがいなしとみてとったので、綱の一方のはしを、ぐいとひっぱった。一丈ひっぱると、桶は一丈高くのぼった。また一丈ひっぱると、桶は一丈高くなった。かれは桶の中で、たいそう得意になり、どんどんひっぱれと、手下をうながした。

このように、ひっぱってはのぼり、ひっぱってはのぼりして、とうとう、百丈の高さになったとき、桶はぐらぐらゆれはじめた。百七丈になると、桶はゆれかたが、いっそうひどくなった。

梁の上のつばめは、わざわいがおそってきたことをさとった。子どもをまもる親の本能から、するどい悲鳴をあげて桶のまわりをぐるぐるまわると、やがて、つばさをふりたてて、敵に打ちかかっていった。雄のつばめは、かれにつかまれて、死んだ。のこった雌のつばめは、必死になって、かれの顔に体あたりをくらわせ、かれが手をのばすいとまもなく、目の玉をついばんでしまった。

他一面喊痛，一面伸手去捉疾飛的雌燕，上身歪出桶外，一下子就跌出桶子，摔死了。

手下人嚇得跑回金沙江，在山裡打獵過活，有知道斑竹姑娘的，好心好意把驕傲少年摔死的事告訴她，她和朗巴，又放下了一頭心事。

最後一個是那位膽小而又吹牛的少年，他也沒有碰到好運。

開始的時候，他不肯自己去取什麼龍珠，因為一則怕海路危險，二則怕海龍發怒。他想與其自己遇險，不如派人冒險去換自己的幸福。於是拿出金銀、刀槍，接二連三地派了好幾批人出海去取龍珠。

「あいたあ！」

とかれは叫びをあげながらも、飛び去るつばめをつかまえようと、思わず桶の外に身をのりだした。そのしゅんかん、あっというまに桶から放りだされ、ついらくして死んでしまったのである。

これをみた手下は、びっくりして、金沙江に逃げ帰り、その後山の中で狩りをしてくらしていた。竹娘を知っていた人が、好意から、この傲慢な少年の死をしらせてくれたので、娘とランパは、また一つ、心配事から放たれた思いであった。

さいごの一人は、あのおくびょうでほらふきの少年だが、かれもまた幸運にはめぐまれなかった。

はじめのうちかれは、自分で竜の珠を取りに行こうなどとは思わなかった。海路は危険だし、海竜の怒りにふれるのがおそろしかった。自分が危ない目にあうよりは、人をやって冒険してもらい、それを自分の幸福にかえるにこしたことはないと考えたのだ。そこで金銀や刀や槍をもち出して、二度、三度と、人を海へ派遣して、竜の珠をとりにやった。

那些人都不是癡人，拿了金銀、刀槍，就悄悄帶著父母妻兒，溜到很遠的地方安家去了。

他等了一年，不見一個人回來。

他又等了一年，還是不見一個人回來。

他在兩年等待期間，曾經逢人吹噓要取龍珠的事情，現在沒有一個人影回來，他受到了許多人的嘲笑。於是，他對人說：

「我要親自出海去取龍珠！」

他真的賣了牛羊，集了很多金銀，帶著人乘船出海去了。

それらの人は、いずれも、ばかではなかったから、金銀や刀や槍をうけとると、家族もろともこっそりと、遠いところへにげのびて、安穏にくらしていた。

かれは一年待ったが、一人も帰ってこない。

さらに一年待ったが、やっぱり一人も帰らない。

かれは二年待つ間、あう人ごとに、竜の珠を取りにやっていることを、いいふらしていたので、いまだに一人も帰らないとなると、人　の笑いものになった。そこで、

「おれが、自分から海へのり出し、竜の珠を取りに行くつもりだ。」と人に向かって言いきった。

かれはほんとうに牛や羊を売りとばし、たくさんの金銀をかきあつめると、供をつれ、船に乗って海へこぎ出した。

在海上航行不到五天，就遇上大風，把大木船吹得飄了幾天幾夜，全船人都暈倒了，他自己也躺在船板上，翻腸倒肚地吐得頭要開花，胸要開膛……。

第七天，海上風平浪靜，他坐的那艘大木船，已經擱到一座氣候溫暖而無人跡的南荒島的沙灘上。

手下人埋怨他不該衝犯海龍，惹起海龍王發怒颳風。他更怕得心神不定，決心不找什麼龍珠，也不敢再繼續航海了。

但又找不到任何通大陸的路徑，只好死了心，帶著那些手下人住在島上，永遠流落海外了。

海上へ船出して、五日もたたぬうちに、たちまち大風にあい、大きな木船は風にふかれ、いく日もいく夜も漂流した。船の人は、船酔いで倒れ、かれ自身も、甲板によこたわり、はらわたをよじって吐き出し、頭はくらくら、胸はからっぽになるまで、吐きつづけた。

七日目に、海上は風もおさまり、波も静まったころ、かれは木船に乗ったまま、あたたかい南の無人島の砂浜に、打ちあげられていた。

手下は、かれが海竜の領域を犯して、竜王の怒りをまねき、大風がおこったことをうらんだ。

かれは恐ろしさにおろおろして、もう竜の珠などさがさないと心に決め、二度と航海をつづけようとも思わなかった。しかし、大陸に通じる、どんな道もさがし出すことはできず、ただ、あきらめるほかはなかった。そこで手下どもと、島に住みつき、永遠に、海外に流浪する身となり果てた。

後來，有些人背著他上船飄海，回到了家鄉，送了消息給斑竹姑娘。

斑竹姑娘呢，和朗巴成了夫妻。

（注）關於〈斑竹姑娘〉的本文，引用自野口元大校注《竹取物語》（新潮社日本古典集成，新潮社，一九八六年五月）的附錄。我僅針對錯別字、簡體字等做了訂正，至於編者的用字措辭未曾加以刪改，維持原文特色。

その後、この少年の航海にそむいた、いく人かの人が、故郷に帰ってきて、これらの消息を竹娘に伝えた。

（中略、そうして）竹娘は、ランパとめでたく夫婦になったのだ。

（注）「斑竹姑娘」の訳文は、田海燕編・君島久子訳『チベットのものいう鳥』（岩波書店、一九七七・四）の「竹娘」による。なお、ある部分は、誤りを訂正した。

聯經經典
竹取物語

2009年7月初版　　定價：新臺幣280元
2015年2月初版第二刷

譯注者	賴振南
發行人	林載爵
叢書主編	簡美玉
校對	吳淑芳
封面設計	韓光耀

出版者	聯經出版事業股份有限公司
地址	台北市基隆路一段180號4樓
編輯部地址	台北市基隆路一段180號4樓
叢書主編電話	(02)87876242轉211
台北聯經書房	台北市新生南路三段94號
電話	(02)23620308
台中分公司	台中市北區崇德路一段198號
暨門市電話	(04)22312023
郵政劃撥帳戶第	0100559-3號
郵撥電話	(02)23620308
印刷者	世和印製企業有限公司
總經銷	聯合發行股份有限公司
發行所	新北市新店區寶橋路235巷6弄6號2F
電話	(02)29178022

行政院新聞局出版事業登記證局版臺業字第0130號

本書如有缺頁，破損，倒裝請寄回台北聯經書房更換。　ISBN 978-957-08-3437-6 (平裝)
聯經網址 http://www.linkingbooks.com.tw
電子信箱 e-mail:linking@udngroup.com

國家圖書館出版品預行編目資料

竹取物語 / 賴振南譯注．初版．臺北市：
聯經，2009年7月；200面
14.8×21公分．(聯經經典)
參考書目：20面
ISBN 978-957-08-3437-6（平裝）
[2015年2月初版第二刷]

861.5411 98010198